海外华文精品书系

此水本东连彼岸

蔡维忠◎著

中国华侨出版社

·北京·

图书在版编目（CIP）数据

此水本来连彼岸 / 蔡维忠著. —北京：中国华侨出版社，2020. 1
ISBN 978-7-5113-8111-8

Ⅰ. ①此… Ⅱ. ①蔡… Ⅲ. ①散文集—中国—当代 Ⅳ. ①I267

中国版本图书馆CIP数据核字（2019）第 293425 号

此水本来连彼岸

著　　者：蔡维忠
责任编辑：王　委
封面设计：薛冰焰
经　　销：新华书店
开　　本：710毫米×1000毫米　　1/16　　印张：13. 5　　字数：187 千字
印　　刷：三河市华东印刷有限公司
版　　次：2020 年 5 月第 1 版
印　　次：2023 年 7 月第 2 次印刷
书　　号：ISBN 978-7-5113-8111-8
定　　价：48. 00元

中国华侨出版社　　北京市朝阳区西坝河东里77号楼底商5号　　邮编：100028
发行部：（010）64443051　　传　真：（010）64439708
网　　址：www.oveaschin.com　　E—mail：oveaschin@sina.com

如发现印装质量问题，影响阅读，请与印刷厂联系调换。

自　序

　　我从纽约来到夏威夷，看到和其他美国人相比，夏威夷人更像中国人，就如印第安人也更像中国人。世上没有无缘无故的相像吧？我知道为什么印第安人和中国人相像，因为他们的祖先来自亚洲。那么，夏威夷人和中国人相像，也是因为他们的祖先来自亚洲？

　　后来我发现，正是如此。

　　五千五百年前，当中国北方人正在耕种打猎时，中国南方人从大陆（很可能从我家乡福建）摇船跨过海峡，进入台湾。五千年前，大概是神农尝百草的时候，宝岛台湾的原住民劈浪南下到达菲律宾。三千六百年前，中国的华夏族已经进入高度文明的商朝，正用甲骨刻文字；南亚人则从菲律宾往东播迁到太平洋上的新几内亚及周围岛屿。两千年前，中国北方人已将文明发展到一个顶峰，建立了汉朝，而且一部分人已经南迁到当初中国南方人下台湾的海边，即我的家乡福建。一千五百年前，中国即将迎来又一个文明顶峰，建立唐朝；南亚人继续往东漂移，成了波利尼西亚群岛的主人；一部分波利尼西亚人往北折，迁到夏威夷。一千五百年来，他们在夏威夷扎下根来，建立起自己的文明。

　　夏威夷人使用的语言不同于汉语，而是与南亚语、波利尼西亚语相近，同属一语系。语言学家把散播在太平洋上的几百种语言梳理归类，发现它们的源头就在台湾，并勾勒出上文描述的从台湾到太平洋各岛屿的时间航线图。想来我是中国南方人和中国北方人的后代，夏威夷人则是中国南方人的后代，我们算是表亲了。

德国人类学家布卢门巴赫把人类粗分为五大种族：白种高加索人、黄种蒙古利亚人、褐种马来亚人、黑种埃塞俄比亚人、红种亚美尼加人。人类在几万年前走出非洲，走向欧亚大陆，欧亚人是白种人和黄种人；在一万多年前从西伯利亚进入美洲，美洲印第安人是红种人；在几千年前迁移到太平洋，太平洋岛民是褐种人。当人类到达夏威夷时，便走到了地球的最后角落。人类用自己的行踪证明，这个世界陆地连着陆地，连不着陆地处便由大海来连。

此水本来连彼岸，这个世界是连在一起的。

世界上遥远的地方发生了一件事，很可能波及祖国和家乡。我们同住地球村，在现代交通和通信技术出现以前，我们的祖先在老早以前就和其他地方的人同住地球村了。只是在那时候，遥远的当事人互不相知，没看到前因便承受或享受了后果。例如：

17世纪某一天，东半球的守将袁崇焕在东北宁远城以红夷大炮轰击来犯的努尔哈赤，西半球的银矿矿工同时倒毙于秘鲁波托西（现属玻利维亚）的高山上。这两件事有什么关系吗？有！矿工在极其恶劣的安第斯高山上采矿，以大批死亡的代价生产银子，银子被源源不断地运到东方来换中国的丝绸瓷器，中国则用银子购买葡萄牙制的红夷大炮。所以，当大炮轰击之日，正是矿工劳累过度倒毙之时。这两者能无关系吗？欧阳江河说："一个人朝东方开枪，另一个人在西方倒下。"当你以为只有诗人才可以如此思维荒诞跳跃时，历史早已演绎了太多的此起彼落。

18世纪某一天，当福建的茶农用自己采下的茶叶，为客人泡上一壶浓浓的茶水时，他采下的另一些茶叶，被撒在北美波士顿湾染红了大海。茶农不知道自己采下的茶叶为什么要在远渡重洋后被倒掉，其时伦敦的政客和北美的革命者正在酝酿一场风暴，最后促成了美国的诞生。

19世纪某一天，家乡的一个孩童得了天花，落得个满面麻子；同时，在美国西部大平原，印第安人正大批大批地死去，连个麻子都当不成。两地的人们都不知道，是同样的天花病毒，在肆虐了旧世界数千年后，开始摧毁没有抵抗力的新世界。

我在世界各地行走，碰见了人，碰见了事，碰到了冥冥之中的遥相呼应，碰到了神秘面纱后面的前因后果。此处的森林，让我想起彼岸的风雨。例如，美洲森林的疯长，影响全球气候，包括明朝末期的旱灾，以及伴随旱灾而来的王朝命运。现代的人，让我联想起古时的事。例如，邂逅一个现代的印第安人，让我以另一种眼光审视脚下的土地，回顾她的祖先的命运。古人留下的遗迹，预示将来要发生的事。例如，玛雅废墟中，隐藏着世界其他地方将来可能发生巨变的密码。自然界的奇迹，昭示着地球将来的命运。例如，北美黄石公园的地热水，含有改变整个世界的巨大潜能。

亲爱的读者，我把所见所闻、所思所感呈送给你们，希望你们看到这个世界上的事物一环连着一环，不管距离多么遥远。我写下你已经知道的或者暂时还不知道的事情，写下你关心的或者暂时认为与你毫不相干的事，希望通过我的视角，你会看到它们其实和你紧密相关。

此水本来连彼岸，世界上所有的人、所有的事都是连在一起的。

大海环绕的夏威夷让我想起家乡。我生长于福建的一个村庄，就在海边，现居纽约长岛，也在海边。这一辈子生长、求学、谋生，几乎一直在海边，不知不觉地和大海结下了不解之缘。不管在哪里看见大海，一种似曾相识、非亲即故的乡情便油然而生。眼前的水从古到今一直把中国人送向四面八方，它和家乡的水是连成一体的啊！

家乡在我心中是什么地位？家乡是永远抹不去的记忆，家乡又是不大可能回去居住的地方。人说叶落归根，作客他乡的人总有个心中的归宿，最终要把老骨头搬回家乡。我想我大概不会这样做吧。如果说家乡是人生轨道的起点，那么他乡就是人生轨道上的重要参照点和终点。家乡和他乡都在我人生中留下重重的刻痕，哪个都不可能抹掉。在他乡的所见所闻，所思所感，也许更加难能可贵呢。

大海是我和家乡之间的纽带，这本书是你和我之间的纽带。有了这样的纽带，我还用回乡去居住吗？如此一想，心中就很释然，用不着因为自己没有叶落归根的想法而做任何心理挣扎了。

此水本来连彼岸，我庐不碍在他乡。

目　录

此水本来连彼岸

尺八之诺

—

明月孤峰尺八箫，心如沧海念如潮。

茫茫彼岸何由渡，吹澈一音即是桥。

——逍遥《尺八》

日本尺八大师塚本竹甫临终时有两件事放不下。

第一件事是尺八传承。屈指一算，自心地觉心禅师将尺八从中国传入日本，开辟了普化尺八传统以来，已经有七百多年了。竹甫是第三十九代传人。作为一个古典门派的传人，面对现代浪潮的冲击，他确实面临挑战。

竹甫早在儿子塚本平八郎八岁时就让他拜自己为师，授他名号竹仙。他觉得儿子在娘胎里就听惯了尺八，有天分。所谓收弟子，不是举行个仪式那么简单的事。竹甫按照日本传统，建立师徒关系时解除了父子关系。他像对待外来弟子一样对待竹仙，不受亲情影响，该严格就严格，该严厉就严厉。由于竹仙到了青春叛逆期喝酒打架，不听管教，竹甫觉得力不从心，便把竹仙送到师兄金仲章月那里去修习。章月修习剑道，武士修为的气概和令人生畏的眼神镇得住竹仙。竹仙于是有了第二个师父，修习尺八也上了正轨。如今，竹仙已经有能力传承尺八。但是他们这些尺八传人并不演出挣钱，需要像其他人一样找份工作谋生；竹仙的职业是当消防员。所以，竹甫还是担心他经不住时代的挑战，临终时需要叮嘱一番。

第二件事是吹奏技术。竹甫在古书上看到，古人吹尺八，走过几条街，声音连绵不断，听起来没有换过气。竹甫穷尽一生揣摩研究，一直没有弄明白这种连绵吹奏法。此事和其他不如意事使他经常闷闷不乐，借酒消愁。连绵吹奏法也寄托在竹仙身上了。

竹甫才五十六岁，吹奏尺八已达登峰造极之境，身体却承受不了酒精的消损，即将撒手人寰。他临终时向竹仙表达了两个心愿，一是在五十岁以前不要放弃尺八，二是学会连绵吹奏法。竹仙郑重答应了，并接过血脉书。所谓血脉书，乃是任命状似的文件，证明继承的正统性，在日本非常受重视。竹仙所接受的血脉书上写着明暗对山流（派）的承传世系：樋口对山—北谷无竹—塚本竹甫。

竹仙答应竹甫的事，是一种庄严承诺，需要认真实践。坚持尺八相对简单，他个人能做到。但是寻找连绵吹奏法颇费周折。

竹仙与兴国寺住持山川宗玄闲聊时，提起竹甫一生寻找连绵不断的吹奏方法，他自己自竹甫去世近二十年来也做过不少努力，皆不得要领。山川宗玄建议：尺八传自中国，何不到中国去寻找？

2000 年，竹仙通过山川宗玄推荐，来到了杭州，找到熟悉日语、从事中日交流的杭州大学老师，也是他后来的弟子和翻译殷勤，还找到当时在研究中日尺八交流的二胡演奏家孙以诚。竹仙在他们的带领下，来到杭州原护国寺的大殿。护国寺被尊为日本尺八的发源地，山川宗玄前不久刚带领尺八寻根团来此认祖归宗。竹仙取出尺八，接连吹奏了三曲古曲：《虚铎》《虚空》《雾海篪》。

然后，他们在佳音乐器厂找到了笛子演奏家赵松庭。赵松庭被公认为中国笛子演奏的代表人物，被誉为江南笛王。赵松庭听竹仙讲明来意，立即表示他指的是循环呼吸法。赵松庭原从唢呐吹奏中得知循环呼吸法，并把它运用到笛子演奏上。赵松庭请一个弟子当场吹奏了一段连绵不断的长长乐句，竹仙听得又惊又喜，请求跟赵松庭学习。竹仙学过四五次后，还是无法掌握，甚是苦闷。殷勤租了条小船，把他约到西湖上散心。竹仙在水面上突然想起一两年前梦到在中国的水面上荡来荡去，宛如眼前情景，心情也开朗起来。两三天后，他掌握了循环呼吸法。

竹仙觉得赵松庭和蔼可亲，长相如父亲，便提出拜师。当时赵松庭年事已高，不过还是答应了，收他为关门弟子。第二年，赵松庭因病去世前，竹仙赶来探望。赵松庭对他说："我有个小小的要求，你可不可以把尺八传回中国？"竹仙回答："只要是老师安排我做的事，我一定完成。"他又一次做出了庄严的承诺，当时他快到五十岁了。

事后他对殷勤说，终于明白父亲为什么要求他在五十岁以前不放弃尺八。

从此，竹仙每年两次自费来中国，免费传授尺八。他的家庭条件并不太好，妻子生病，他当消防员的收入仅够家庭开支，再无剩余。他一直遵照传统理念，不利用演奏挣钱，但是为了来中国，他破例到一个会所吹奏尺八。挣够来回的费用后，他便来中国一次。除了杭州，他还到全国各地巡回教学。他后来退休，便专心在中国传授尺八，先在杭州设立白龙潭道场，后在浙江磐安大盘山设立青龙潭道场，为固定的尺八教学场地。近二十年来，他教过的学生已达数百人。

竹仙后来多次对弟子们讲起对赵松庭做出的承诺："男人对男人说过的话要算数的，再难也要做下去。"

二

昆仑山上一根竹，邀赴轩辕身乃出。

大夏歌成太古风，小霓雅共神仙舞。

清音不必浊人知，傲骨只应孤客抚。

三尺俗尘能掩君，高楼问月月无语。

——逍遥《竹管》

塚本竹仙为了一个承诺来中国传授尺八，已经六七年了，教过不少学生。学生来了又走掉，真正坚持下来的寥寥无几。如何找到尺八继承人，是他放不下的心事。

2007年3月，他在下榻的杭州红星大酒店见到前来拜见的年轻人逍遥。逍遥，原名孙文卿，二十出头，手里拿着一支木制尺八。这支尺八是从广州制箫名家郭大强那里借来的。有一次，他找郭大强想买一支箫，却看见墙上挂着一支从日本带回来的木制尺八。尺八很难吹响，连郭大强也不太会吹，没想到逍遥一吹就响。他从此对尺八着迷，并缠着郭大强把尺八借给他。他照着网上视频自学吹奏尺八，已经有一年多了。他手中的尺八不但不是竹制的，而且为了便于携带而断成两段，吹奏时拼成一管的现代尺八，不是古典意义上的真正尺八。因此，求得一支整管竹制的尺八成了他梦寐难忘的心事。

在见到竹仙之前，逍遥携家人到杭州游玩，来到孤山脚下西湖边苏曼殊墓前，听到两个人在吹尺八，连忙循声前去。这两人叫王树声和隆德，王树声是在家居士，隆德为僧人，都是竹仙的弟子，常相约在西湖边练习尺八。他们答应下一次竹仙老师来中国时带逍遥拜见。

竹仙让逍遥吹过一段尺八曲后，开始了一段对话。

竹仙："你对尺八有什么想法？"

逍遥："没什么想法，就是喜欢。"

竹仙："喜欢尺八的什么？"

逍遥："喜欢尺八的声音。它的声音，契合心灵，像是从心里流出来的一样。"

竹仙："尺八不是娱人的乐器，是修行的法器。要用竹管，不可用木管。"

逍遥："我喜欢竹子的！"

竹仙："要用整体一根的竹子，中间不可断开。"

逍遥："我喜欢整体一根的！"

第二天，竹仙将一支整体一根的竹制尺八递给逍遥："我供养你一支尺八。"那是一支缠着绿色丝线的尺八，粗细中等，挺拔俊秀，逍遥很虔诚地用双手接过来，心中的狂喜无以名状，同时对竹仙老师感激不尽，暗暗发愿要把它吹好，帮助老师完成回传尺八的心愿。

十几年后，当我问及当时的情景时，逍遥仍觉得心头荡漾。

这段对话似乎很平常啊，怎么会有刻骨铭心的力量？我有疑问。

当时，竹仙自费来中国免费传授尺八，乃是怀着一颗赤子之心，别无他求。尺八刚从日本传回中国，不少人慕名而去，但很快热情消退。究其原因，尺八难学，要用它谋得功利，很不划算。因此，很多学生让他失望。他在逍遥身上看到了和自己一样的赤子之心。逍遥除了喜欢以外，别无他求。为了这个原因，塚本竹仙送给逍遥一份大礼，正是逍遥梦寐以求的正宗尺八。所以，初次见面的对话看似平静，但心和心的信任与约定已经初步达成，令逍遥终生不忘。逍遥这样追忆。

我问逍遥："为什么非得要没有断开的尺八，两段接上了不是一样吗？"逍遥回道："竹子有连续的纤维，纤维断开后影响发声。"

他还说："切断是对竹子不尊重！"

塚本竹仙说尺八是修行的法器，为逍遥平生第一次所听说，却成了他一生的实践。逍遥多才多艺，兴趣广泛，对文学和音乐都很喜爱，文学方面写诗写对联，并开始写小说，音乐方面吹笛吹箫。因为这一次见面，他暂时搁置了其他方面的追求，专心修习尺八。所以，初次见面的对话，似乎是终身的约定，为他奠定了人生的方向。

其后，竹仙老师每次来杭州，逍遥必定赶过去跟他学习。逍遥悟性高，心诚，肯下苦功，进步很快。两年以后，他正式成为竹仙的弟子。竹仙的学生很多，弟子不多，只有技术达到一定级别，能够继承理念，通过尺八修行的学生才能成为弟子。

有一天，竹仙对逍遥说："你是我的第一弟子。我要为你取个名号。"他想了片刻说："叫大竹。一来你身材高大，二来希望尺八在你手中发扬光大。"说完又似乎不太满意，表示还要再想想。

逍遥想起自己写的《竹管》诗，因而建议："如果老师同意，我希望叫一竹。"

竹仙很高兴地说："很好很好。"于是，逍遥的号定为一竹。

其后，竹仙授予逍遥师范凭状，让逍遥取得教授尺八的资格。这是竹仙授予的第一个师范凭状。逍遥于 2012 年在广东顺德开设招收学生的道场，竹仙专程去参加开幕典礼。这是尺八传回中国后第一个由中国人开设的古典尺八修习场所。几年下来，逍遥传授尺八的经历和竹仙的经历相似，教过不少学生，只有少数坚持下来。尽管如此，他自己坚持下来了，并把尺八当成终生的事业。他的学生中有一个已达到弟子的水平，这可是里程碑式的成就啊！竹仙把尺八归还中国的愿望初步实现了，有中国人可以接他的棒了。

授予师范资格后，竹仙老师将三支尺八，一支二尺八，一支二尺五，一支一尺八，亲手交到逍遥手上。竹仙说："这三支尺八非常重要。特别是这支一尺八寸，是我专门为你制作的。此管，我一生只可能做一支，以前没有过，以后也不会再有。此管圆而直，声音刚烈通透，和你特别搭配。我将它交给你，望你把尺八好好地传下去。"

逍遥肃立行礼，恭敬接过，郑重答应："是！"

竹仙老师又说："孙君，我的东西都教给你了，你一定要传下去，你如果不传，就断了。"

逍遥又肃立行礼，郑重答应："是，请老师放心！"

十几年来，修习传授尺八的道路并非一帆风顺，其中包括人事波折，一言难尽。不过，逍遥说："竹仙老师曾说，男人对男人说过的话要算数的。不论世事怎么变迁，他人之初心在或不在，我答应过的话，是永远算数的。"

三

近世双笛从羌起，羌人伐竹未及已。

龙鸣水中不见己，截竹吹之声相似。

剡其上孔通洞之，裁以当籥便易持。

易京君明识音律，故本四孔加以一。

君明所加孔后出，是谓商声五音毕。

——汉代马融《长笛赋》引丘仲诗

何为尺八？

简单地说，尺八是和竖笛、箫同一类的竖吹乐管，而且笛和箫在历史上和尺八也互相演化。

尺八的名称始于唐代。《新唐书·吕才传》记载："贞观时……侍中王圭、魏征盛称才制尺八凡十二枚，长短不同，与律谐契。"《旧唐书》也有类似记载。唐太宗贞观年间，吕才把当时的竖笛规范化，做出大小不一的十二管，与十二律的音高契合，被宫廷定为律笛。其中黄钟笛长一尺八，故称尺八，其他律笛虽长短不一，也一并称为尺八。

这种唐尺八的形制为六孔（前五孔后一孔），源自隋唐时竖吹的笛和更早的篴（音和意皆为笛）；宋代仍是六孔，加竹膜，还称尺八；明代发展为六孔的箫或洞箫，无膜，沿袭至今。福建的南音洞箫（近来称南音尺八）承袭唐尺八六孔形制。唐尺八在日本奈良时期（相当于唐朝）传入日本。现在日本奈良正仓院东大寺仍保存有八支唐代的尺八。不过，早已没人吹奏唐尺八了。

唐代传奇小说家张鷟的《游仙窟》描述主人公在旅途中艳遇美丽多才的女子五嫂、十娘，与她们以诗歌酬答，最后赢得十娘芳心。其中有一段提到尺八。十娘曰："五嫂咏筝，儿咏尺八：眼多本自令渠爱，口少由来每被侵。无事风声彻他耳，教人气满自填心。"

张鷟的年代（约660—740）在贞观（627—649）后不久，而《旧唐书》《新唐书》为唐朝以后编撰，所以《游仙窟》是记载尺八的最早文献。

另一种尺八是宋尺八。据宋代沈括《梦溪笔谈》记载："后汉马融所赋长笛，空洞无底，剡其上孔，五孔，一孔出其背，正似今之尺八。"这段话说明，自汉至宋，这种前四后一的五孔乐管，一直存在，在宋代称为尺八。宋尺八源自四孔的汉代羌笛，后改良为前四后一五孔，宋代传到日本，宋后从中国失传。

宋代诗人把尺八写入诗词中。有葛胜仲作《水调歌头》，开头如下："下濑惊船驶，挥麈恐尊空。谁吹尺八寥亮，嚼徵更含宫。"还有僧人释德洪作长诗《谒蔡州颜鲁公祠堂》，开头如下："开元天宝政多暇，孽臣奸骄浊清化。尺八横吹入醉乡，国柄倒持与人把。"

虽然尺八分唐宋两种，但是狭义的尺八是指宋尺八，即竹仙努力传回中国的日本古典尺八。

尺八因为材料制备很费时，得花两三年才能做成。尺八选材于竹子靠近根部的一段，整体粗大，下部比上部还粗大。一管共有七节

（横隔），最上面一节在歌口（即吹口）处，最下面三节相距很近，中间四节之间开了五孔。后面那一孔靠近歌口，适合用拇指按。

尺八因粗大，故难吹响。尺八的特色在于外切式歌口，即在竹管上端向外斜向切去一小部分，便于嘴唇控制吹奏的角度和音量。行家运用独特的沉浮音技巧在歌口吹气，使音降低（沉）或升高（浮），可以用五孔吹出钢琴一个音阶中的所有音。吹奏时可以大幅度自由操控调节入气量和入气角度，配合气息的粗细强弱、角度的俯仰动静，能吹出或幽暗，或明亮，或细腻，或粗豪的种种变幻莫测的尺八特有音色来。

日本尺八现在分别属于三个主要流派：明暗流、琴古流、都山流。明暗流属于普化宗，琴古流和都山流则是从普化宗发展而来的现代流派，形制已经发生变化。明暗流崇尚古典尺八，最忠诚地保留着宋尺八的前四后一五孔形制。

学者说，宋尺八宋后在中国失传，史书不再记载尺八，现在也找不到任何遗留的文物。不过，我查了诗词数据库，发现尺八还保留在明清时代的诗中。

明朝藩王朱诚泳作七言绝句《明皇击节图》："醉倚梧桐击节时，翠盘妃子舞衣垂。渔阳莫怪胡尘起，梦里曾将尺八吹。"

明代诗人袁华作七言绝句《游仙词》："坐骑赤鲤挟琴高，璊玉新治小并桃。笑指积金峰下路，醉吹尺八听松涛。"

清代女词人吴藻作《十六字令》："谁，尺八钿箫花外吹？无人见，明月满罗帷。"

清代诗人赵庆熹作《忆江南·无锡华荔生春楼寄梦图》："春楼梦，半晌晚匀妆。尺八箫儿新按曲，初三月子夜烧香。约略记昏黄。"

除明诗"渔阳莫怪胡尘起"明显是咏史，指唐玄宗故事外，其他的诗没有咏史的痕迹，可能是当时所见。如果说尺八在宋后从中国消失，可能在逐渐消失中还在明清时代留有余韵。

尺八最终在中国消失了，就如历史上很多乐器消失了。凡保留下来的都有其合理理由，凡消失的也都有其合理理由。有学者提出，尺八之所以消失，是因为元朝统治者严重地破坏了文化，导致中国人审美意识发生了变化，更重要的是因为尺八中的精神思想消失了。在中国，尺八中的精神思想是什么，现在已经难以阐明，但在日本，则在文献中和传承人身上体现出来。

四

春有百花秋有月，夏有凉风冬有雪。

若无闲事挂心头，便是人间好时节。

——宋代禅师无门慧开诗偈

日本古典尺八叫作普化尺八或明暗尺八，虽是宋尺八，普化和明暗的名字却来自唐代高僧普化禅师。宋尺八只是后人取的名称，其五孔形制在宋前早已存在。宋尺八传去日本的故事从普化禅师开始。

自禅宗六祖慧能而下，到普化禅师是第九代；自禅宗祖师达摩而下，到他是第十四代；自佛祖释迦牟尼而下，到他是第三十四代。他没有要往下传的意思，常日如疯似癫，手摇一铎（铜铃），游化镇州（今河北正定），逢人便念偈："明头来，明头打，暗头来，暗头打，四方八面来，旋风打，虚空来，连架打。"明暗尺八的名字来自这首明暗偈。普化如何与明暗对打，估计没几个人懂得，高僧临济禅师却懂。普化与临济两人时常隔空互侃，甚至对骂，却心有灵犀。咸通初（860年或其后不久），普化向市人乞一件直裰，市人给他布袄、布裘，他不要。临济禅师派人送他一副棺材，他接受。他向人宣布，将死于东门，众人都来围观，他却改口明日死于南门，再改口后日死于西门。到了第四天，人们对他失去兴趣时，他手擎棺材到北门，摇着铎躺进去。众人赶来，撬开棺材，不见死尸活人，只闻空中铎声，渐渐远去。

普化自此从人间消失，只留下那富含禅意的铎声在河南府人张伯耳中久久回响。他原仰慕普化高德，希望跟他习禅，不得允许，便将普化的铎音制成尺八曲子，名为《虚铎》。虚铎意为用虚空的竹管模仿铎音。

竹管怎能模仿铜铃声呢？我问逍遥。

铎的外壳是铜，内部的撞珠却是木头。金木相撞所发出来的声音温润圆厚，和全铜的铃所发出的清脆响亮声响全然不同。而粗大空虚的竹管恰能模仿这种音色。逍遥没见过普化的铎，对它的质地和声音却能感受出来。当然，声音只是表象，更重要的是张伯能演绎普化的意境。逍遥这样给我解答。

那首明暗偈怎么解读？我又问逍遥。

打的意思是破除，即破除妄念执着障碍。明为知，暗为昧，凡俗者认为知高于昧，觉悟者认为两者难分，有昧才有知，有暗才有明。故超越明暗，无明无暗，明来暗来怎么来都给予破除。佛家的最高境界为空，空乃万物的本质，如《心经》所言，"不生不灭，不垢不净，不增不减"，还可以说"不明不暗"。根据逍遥的解读，我这样演绎。

《虚铎》在张家代代相传，传了十六代人。他们是：张伯、张金、张范、张权、张亮、张陵、张冲、张玄、张思、张安、张堪、张廉、张产、张章、张雄、张参。到了张参的时代，天已翻地已覆，唐朝灭亡了，宋国失去了半壁江山，连同普化游化之地一起失去了，《虚铎》之音依然完好。

1249 年（南宋淳祐九年，日本镰仓时代），日本僧人心地觉心来杭州护国寺向临济宗禅师无门慧开习禅。张参作为居士正在护国寺一边参禅一边吹奏《虚铎》。心地觉心听了，连声称妙。心地觉心觉得禅与尺八融会贯通，便向张参学习吹奏。心地觉心于 1254 年将尺八连同张参的四位徒弟国作、理正、法普、宗恕带回日本，兴建并主持兴国寺。这四人被称为四居士。心地觉心后来被封为法灯国师，后世日本普化宗尊他为开山之祖。

兴国寺位于纪州，即京都以南海边的由良地方。它沿着山坡分层次而上，是个大中型寺庙。2014 年，逍遥的一位同门参观了兴国寺，并在靠近后殿的地方看到四居士的衣冠冢。

心地觉心有个弟子叫作寄竹了円（圆），把禅和尺八一起传承下来。一日，寄竹梦见在海上泛舟独赏明月，逢海雾遮蔽月色昏暗，雾中有管声传来，寥寥浩浩，妙不可言。管声断后又起奇声妙音，世所未闻。寄竹以尺八模仿雾中管音，并请师父命名。师父命名第一曲为《雾海篪》，第二曲为《虚空篪》（后世简称为《虚空》）。《雾海篪》《虚空》和《虚铎》合称为三虚灵，为普化尺八总纲领，被尊为最高精神所在。

寄竹禅师吹着尺八，托钵云游四方，弘扬尺八与禅结合的精神。他的弟子天外明普在京都创立明暗寺，尊他为开山。根据明暗法系，自寄竹以下，传至三十四世自笑昨非（其人寂于明治二十八年，即1895 年），皆尊此传统。其时普化宗遭到灭顶打击，被明治政府取缔，长达十二年。

尺八在日本融入禅宗，成为辅助修行的法器。日本僧人通过吹奏尺八修行，谓之吹禅，就如中国和尚通过静坐修行，谓之坐禅。吹禅与坐禅有共同之处，都是通过调理呼吸而调理心境。在日本，尺八长期以来与精神和信仰融为一体，这可能是它得以传世的主要原因。

如今，京都明暗寺内立着块石碑，上刻两个大字——吹禅。

五

一从截断两头后，尺八寸中通古今。

吹起无常心一曲，三千里外绝知音。

——日本禅师寄竹了圆诗偈

尺八真正在日本兴盛，是在心地觉心以后三四百年的幕府时代（江户时代）。幕府创始人德川家康在关原之战中打败了反对派大名（诸侯）组成的联军，彻底结束了长达一百五十多年群雄割据的战国动乱局面。他在 1603 年建立江户幕府，1615 年消灭丰臣氏，正式统一全国。其时明暗寺传到十三世有新法快禅师。天下初定后，如何安顿武士，特别是原从属于被打败的大名而成为无主武士的浪人，是关系全国安定的重要考虑。为此，幕府政府将普化宗列为武士修行的宗门，也即安栖之处，让他们成为虚无僧。

虚无僧据说起源于明暗寺开山寄竹禅师以下第六代虚无禅师。有人问他是谁，他说是"僧虚无"，于是人们称他和传人为"虚无僧"。虚无僧头戴盖住几乎整个脸、名为天盖的筐子，脖子上挂着袈裟，口吹尺八，行乞四方。

幕府规定入普化宗的人，包括武士在内的僧人，才能吹尺八，并授予特权。例如，当时一般民众不得自由旅行，但是虚无僧例外。有些非法之人为了隐蔽身份而伪装成虚无僧，以便在各地自由行走，造成了许多社会乱象。随着武士的加入和特权的设立，普化宗势力大增，全国有一百多座寺，其中包括明暗寺和兴国寺。

普化宗在德川幕府的支持下取得权势，也随着幕府没落，被明治政府于明治四年（1871）废止，尺八随僧人和武士流向民间。在有心人努力争取下，普化宗得以在明治十六年（1883）恢复本宗，尺八回归为吹禅法器。与此同时，日本乐坛享有盛名的乐师樋口对山加入复兴运动，收集修订了三十多首尺八曲，成为普化经典。他的弟子北谷无竹创立了明暗对山流（派），尊他为开山，通过塚本竹甫传至塚本竹仙。自心地觉心至塚本竹仙，尺八共传了四十代人。樋口对山及其传人虽非正式的出家人，却继承了吹禅法门，身份得到明暗寺承认，并在明暗寺教授尺八。

学术界把心地觉心将尺八传到日本的说法叫作"法灯国师传来说"，并提出了一些疑问。诚然，普化禅师及其明暗偈在中国古籍《宋高僧传》《景德传灯录》都有记录；心地觉心来中国师从无门慧开并在日本传播禅宗，也无疑义。但是，其他的细节，如《虚铎》及张伯至张参十六世、四居士，是在18世纪幕府时代才出现于日本书籍，主要是《虚灵山明暗寺缘起》（1735）和《虚铎传记》（1795），距离心地觉心的时代已经有大约五百年了。学者们较真起来，问这五百多年中发生了什么，没人能回答；既然如此，五百多年以前的事便当质疑了。

普化宗的名称出现于幕府时代，明暗寺应是出现于更早，但是不是出现于明暗寺所言的1335年，也很难考证了。普化宗在明治四年被废时，当时明暗寺第三十四世看主自笑昨非将明暗寺的文物交给东福寺内善慧院的和尚保管，其后因火灾被烧毁。我曾向一位属于明暗寺的居士询问，是否有早期历史的文物，他也不知情。明暗寺内部如果有任何证据，似乎也已消失了。

只是，宋尺八和日本普化尺八一脉相承，这一点不可否认。如果宋尺八不是由法灯国师传入日本，也应在宋代由其他人传入日本。日本尺八起源地是中国的定论，没人质疑。

明暗尺八的修习人对于法灯国师传来说深信不疑，只要它不被证伪便是现实。现在虽有质疑，却没有比它更有说服力的说法。历史有一部分是由传说构成的；因为没有事实可以取代传说，所以传说成为历史。古典尺八界坚信尺八由心地觉心从中国传入日本；尺八已经成为精神性的法器，而这种精神性足够支撑他们将尺八传承下去的信念。这种信念如同中国人相信自己是炎黄子孙，能够把中国人凝聚在一起。

六

> 春雨楼头尺八箫，何时归看浙江潮。
>
> 芒鞋破钵无人识，踏过樱花第几桥？
>
> ——苏曼殊《本事诗》

诗人苏曼殊于 1909 年东渡日本，写了十首《本事诗》，其中一首写了尺八。他能够在街头听到尺八曲，乃是得益于明治时代废除普化宗对尺八的垄断，使尺八传向民间。当时，普化宗被废又复兴后不久，明暗尺八复兴的大功臣樋口对山还在世，尺八在日本街头已经随时可以听到了。

苏曼殊的诗当时就在中国传开了。他是中日混血儿，特有才情，写诗，写小说，作画，翻译，样样都行。他是出家人，大部分生涯却在俗世中度过，亦僧亦俗，经常出入青楼，与日本艺妓有很深的交情。他把一段与日本艺妓无结局的感情写入另一首《本事诗》："还卿一钵无情泪，恨不相逢未剃时。"因为他的身份和经历很奇特，让人无法不关注他。

一代又一代的中国人从苏曼殊的诗中认知尺八，包括近百年后的我辈。苏曼殊用诗句把尺八传回中国。

用诗句把尺八传回虽不是把乐器本身传回，却是乐器传回的前奏。一样东西失去，有其理由；一样东西回归，也需要理由，至少它的主人要愿意让它回归。而愿意让它回归的先决条件是认得它。不是几个中国人认得它就行，而是需要从整体文化上认得它。毕竟，尺八在日本流传了几百年，日本的尺八传承人牢记着那个振铎的唐朝和尚和那个渡海的宋时禅师，而中国人已经经历了《牡丹亭》的时代、《三国演义》的时代、《红楼梦》的时代，几乎不认得尺八了。苏曼殊让尺八回归国人的心灵，这是回归的第一步。尺八回归中国的历史，应该从一百年前算起。

比苏曼殊稍小的民国诗人卞之琳，在初中时就把这首关于尺八的《本事诗》读过了不知多少遍。卞之琳于 1935 年到日本小住，在东京和京都都听到一种管乐声。他称"那声音如此陌生，又如此亲切"，让他感到"像回到了故乡，回到他所不知道的故乡"。他猜测那是尺八，并向朋友证实确实是尺八。他说："我只是觉得单纯的尺八像一条钥匙，能为我，自然是无意的，开启一个忘却的故乡。"

为此，他在一个月后写下了《尺八》诗，前半部分诗句如下：

像候鸟衔来了异方的种子，

三桅船载来了一枝尺八，

从夕阳里，从海西头。

长安丸载来的海西客，

夜半听楼下醉汉的尺八，

想一个孤馆寄居的番客，

听了雁声，动了乡愁，

得了慰藉于邻家的尺八，

次朝在长安市的繁华里，

独访取一枝凄凉的竹管……

这些扑朔迷离的诗句，大概是这样理解的：长安丸是指诗人卞之琳乘坐到日本的邮轮号，海西客是指来自大海西边（中国）的诗人，三桅船是指古代渡海的交通工具，番客是指古代客居中国的日本人，他在长安听了尺八曲后，动了乡愁，便带了一管尺八回日本。

诗人想象了尺八是怎么从中国传到日本的，有时代，有地点，有交通工具，有动机。动机是尺八让他动了乡愁的心得到了慰藉。诗人怎么知道这个动机呢？因为他自己在异国（日本）动了乡愁，所以古代日本来的番客在异国（中国）肯定是动了乡愁了。诗人的本性是浪漫的，所以他的历史图景也是浪漫的。

不过，卞之琳的态度是认真的。他在写诗之前郑重地请朋友做了查询。他们从《词源》查到："吕才制尺八，凡十二枚，长短不同，与律谐契。见唐书。"他认定尺八是唐代传去日本的，所以在诗中把地点安排在唐朝都城长安。

诗写成后，他一度因为不知尺八如何从中国传去日本而觉得遗憾。为此，他请教了周作人。周作人告诉他："尺八据田边尚雄云……在宋理宗时（1285）有法灯和尚由宋传去云。"诗人又高兴起来，因为尺八确实是从中国传至日本，虽然是在宋代而不是在唐代。

回顾这段故事，大概可以窥见当时比较有见闻的文化人，如到过日本的诗人，对尺八的亲和力。如果不发生大劫难，也许会有更多的人对尺八产生兴趣，并开始把尺八传回中国。只是，即使他们有这种意愿，已经没有多少时间了。日本于两年后大举侵华，中国人刚刚开始的对尺八产生的热情被搁置了几十年。

七

尺八原是中国声，销声绝响传东瀛。

七百年后回故土，犹带唐韵宋风情。

——摘自拙作《尺八》长诗

距卞之琳写《尺八》诗半个多世纪后，即 20 世纪 90 年代初，日本老人斋藤孝介向中国许多省、市的外事部门发出一封求助信。他问：日本尺八发源地护国仁王禅寺在哪里？

杭州市历史学会会长赵一新收到求助信后觉得，这个护国仁王禅寺应该在杭州。他用了将近一年的时间问人、查资料，终于打听到护国寺最后一位住持释常明法师还健在，立即请法师帮他找到护国寺遗址。护国寺几经劫难，屡建屡毁，最后一次修建是在清代嘉庆八年（1803），那是两百年前了。当赵一新和释常明法师前来核实时，它只剩下一座失修的大雄宝殿，被浙江省艺术学校用作教室。

斋藤孝介听到消息后前来寻根了。据二胡演奏家孙以诚后来在《日本尺八与杭州护国仁王禅寺》一文记载，赵松庭向他讲述了这次访问：

1994年春节之前，一个雪花纷飞的日子，坐落于黄龙洞景区的浙江省艺术学校迎来了两位不速之客：来自日本福井县胜田市72岁的医学博士斋藤孝介与陪他同行的年轻作家，在杭州市宗教局赵一新同志的指引下来到教学大楼后面的一座古庙。赵一新告诉斋藤，这就是南宋时期日本人来此学佛的杭州护国仁王禅寺旧址。只见老先生激动得不能自已，缓缓地从布袋中取出一根旧得发亮的日本尺八，突然跪在雪地上，面向庙门，任凭雪花飞舞，十分虔诚地吹起了古老幽幽的乐曲；接着迈进庙内用颤抖的双手抚摸着庙柱询问再三，对着空旷的古庙吹了首怀古思乡曲。在校接待室，他喝了龙井香茶后，又深情地连吹了三首古曲。他激动地向人们说："这根尺八与我吹的乐曲都是中国南宋时期，日本人到杭州护国寺出家学禅时，向中国人学会了吹尺八的技艺后带到日本的（他这根尺八是否南宋之物，没有考证，反正很旧很古老），这次到杭州来是专门到护国寺寻根还愿的。"

距心地觉心来中国求道，七百多年过去了，杭州再次响起了尺八之音！

几年以后，日本纪州兴国寺住持山川宗玄在清理兴国寺珍藏的文物时，准备将开山之祖心地觉心的木雕坐像移到另一房间供奉，发现雕像的左脸部有小小的蛀洞。在准备修补过程中，发现了坐像的内部藏着多部心地觉心从中国带去的经书！

这个发现激发了山川宗玄长老来杭州寻祖的心愿。

就在这个时候，孙以诚听说斋藤孝介前来寻根的故事，决定进一步探索，并写出论文《日本尺八与杭州护国仁王禅寺》，通过文献记载、人证、实地考察，论证了杭州护国寺的所在地在浙江省艺术学校。

山川宗玄方丈得知孙以诚的论文后，两次到杭州实地访问，然后于 1999 年 11 月 26 日率领四十八人组成的尺八寻根团前来拜访。那天，护国寺大殿的正门额挂上了"法灯国师 700 周年纪念"的横幅，殿内挂上了心地觉心和无门慧开的画像。四十八位成员身着天盖、袈裟、挂络，在蒙蒙细雨中吹着尺八，缓缓走向心中的祖庭。他们在大殿里吹奏起了古老而神圣的尺八曲《虚铎》。

那座大殿终于在 2003 年被推土机推倒，原地附近后来竖立起一块十吨的石碑，上刻"护国仁王寺遗址"几个大字。一管尺八铜雕斜向从石碑侧面穿入，从顶端穿出。这个石碑，既记载谢幕式，也记载开幕式。杭州护国寺在自己彻底谢幕前为尺八回归中国拉开了帘幕。第二年，从日本来了两个人，发愿要将尺八传回中国。

其中一个叫作神崎宪。他受尺八寻根团的成员和田哲夫委托，来中国免费教授尺八。神崎宪的足迹遍布上海、苏州、洛阳、广州、大连、北京、山东等地，教过学生百余人。但是，他还没有入室弟子便于 2015 年逝世。他的老师，比他年轻的三桥贵风接棒，继续来中国传授尺八，据说已经培养了几位有水平的弟子了。和田哲夫、神崎宪、三桥贵风属于琴古流。琴古流和另一个主要尺八流派都山流是从普化尺八演化而来的流派，注重现代化，对尺八的制作和演奏做过与现代音乐接轨的改进，以图把尺八发展成纯粹的乐器。

另一个人是塚本竹仙。他通过山川宗玄方丈介绍来中国。竹仙属于明暗流，坚持古典尺八，不把尺八当成纯粹的乐器，而是注重修行，注重尺八的精神性。竹仙退休后长期驻守中国，他的成绩也更可观。他的弟子们是为了传承弘扬文化而修习尺八，因而更执着，能一辈子坚持下去。

八

逶迤石径入苍穹，万里白云满袖风。

高处清寒人不至，坐吹竹管对山空。

——逍遥《白龙潭登山》

塚本竹仙是个怎么样的人呢？

竹仙个头儿不高，体格不壮，但干净利落，刚来中国时是中年人。时间已经过去将近二十年了，他的脸上也刻满了岁月的痕迹，只有一份坚持不变。他给人的印象是严肃，温和，诚恳，真挚，高兴过，也生气过。高兴是因为看到学生有进步，生气时则扬言要开除弟子。

我向逍遥探问，竹仙的内心深处装着什么呢？

逍遥正在吹奏《雾海篪》古曲。自竹仙传授逍遥吹奏《雾海篪》以来，时间已经过了大约十年了。如今，逍遥又吹起了《雾海篪》，唤起从前的记忆，感触良多。他说："从前我和竹仙老师的声音是一样的，有人曾言，全地球找不出第三个像我和竹仙老师这样的声音。别来多年，我的声音没有止于原地，已经起了很大变化。此时反观竹仙老师的声音，就看到是含有那样一种深重的孤寂与悲伤，听之令人心痛。正如他自己所言，他的心上有一个洞。他内心所有深切细微的感受，在他高超的技术和意与神会的表达能力之下，淋漓尽致、纤毫毕现地呈现在他的尺八之音上。他随时随地拿起尺八，每吹一音，皆是心音，无丝毫之伪。而他所吹每一首曲子的每一个音，全都深深染上他深重的孤寂与悲伤，催人泪下。他的孤寂与悲伤源自他的内心的赤诚与执守。"

竹仙常常感叹说，他至少晚出生了一百五十年。他之所以这么说，是因为他有一颗不合时宜的士之心。愿为理想而舍生取义，愿为承诺而鞠躬尽瘁，愿守约定至海枯石烂。而此心不被知道也不被重视。他渴望有一个知音，既懂得此心，又可传此心。

那时他们上课没有专用的场地，就在竹仙所住的酒店。有一天，逍遥渐渐进入状态，越吹越投入，不知不觉屏蔽身边的一切，闭上眼睛沉浸于自己的世界。待他睁开眼睛时，看到竹仙老师正站在面前，含笑看着，不知道已经站了多久。竹仙看到逍遥大有进步，非常高兴。他郑重地问逍遥，是不是会一直吹下去？逍遥肯定地回答，他会一直吹下去的。竹仙脸上露出欣慰的神情。

竹仙跟一帮学生说："我每年来中国，现在已经八年了，这一次我特别高兴。中国有一个高山流水的故事，钟子期死后，伯牙就摔琴不复弹。为什么要把琴摔掉呢？因为琴要弹给知音听，知音不在了，所以就摔琴不弹了。"他一边说一边比画了个摔琴的动作，还告诉所有人："没看过这个故事的，回去好好看看，看过的回去再看一遍。"

逍遥忆及此事，连带想起荆轲来。他找来《史记·刺客列传》，念道："荆轲既至燕，爱燕之狗屠及善击筑者高渐离。荆轲嗜酒，日与狗屠及高渐离饮于燕市，酒酣以往，高渐离击筑，荆轲和而歌于市中，相乐也，已而相泣，旁若无人者。"荆轲后来企图刺秦王失败了。他的朋友高渐离利用被秦始皇召去击筑的机会，举筑欲撞击秦始皇，也被杀了。逍遥说，竹仙老师有先秦风范。

逍遥还说："日本吹尺八的人不少，但真正这样兢兢业业、实实在在，近二十年如一日做这件事的人，只有竹仙老师一个。中国蜂拥而起学尺八关注尺八的人也非常多，但真正秉持一个纯粹的心、恒久吹下来的人，也没有几个。略知皮毛就急着求名求利的人倒是不在少数。"

逍遥还说："竹仙老师是我所见的第一个对于承诺、对于道言出必践、身体力行的人。这让我对在书中已经极为熟悉的士、礼、义等概念，第一次在现实的人的身上，有了真实鲜活的直达内心的感知与体会。他十分性情，心里面住着一个天真的小孩子，白发苍苍，却常如儿童般或哭或笑。不论如何，遵循古制的明暗尺八的传承，因他持续近二十年的努力而在中国生根发芽，此功德应为中国人铭记。"

九

要抱，要扶，终须迈出自己脚步；

又哭，又笑，将会留下什么声音？

——逍遥《儿女》对联

"尺八不是娱人的乐器，是修行的法器。"这句话是第一次见面时竹仙对逍遥说的。

逍遥怎么理解这句话呢？他认为，尺八之所以从中国消失，是因为宋被元取代后，科举长期废弃，读书人绝了仕途，生活空间变窄，自顾不暇，再也没有心思吹奏高难之音了。时代变得阴暗细微，失去唐人传下的平和中正的气度，尺八在这样的时代氛围中消失了。而尺八之所以能在日本传下，在于它和禅宗的结合，依赖修行人虔诚地将它代代相传。因此，要在中国恢复尺八，必须连同伴随尺八的精神，即被修行人通过尺八忠实地保存下来的古人气度，一起恢复。

我原以为，所谓修行，乃是指中国和尚静坐，修身养性，进而悟道；日本僧人强调吹禅，和静坐同属一类，因而也能修身养性，进而悟道。可是，如果尺八必须与修行结合，而修行是出家人才能做到，那么绝大多数人就被排除在外了。

我想从非佛教徒的角度理解修行。我问逍遥是不是佛教徒，他说不是，这样正好。我从自己对佛学的理解说起："佛教的要义是智慧和慈悲。智慧让自己觉悟，达到彼岸的境界，从而出离凡尘。慈悲让心灵充满爱和同情，入世帮人超脱。智慧度自己，慈悲度他人，慈悲比智慧高一等。只是，我等凡人只想摆脱眼前烦恼苦难，哪能懂得什么是看不到摸不着的彼岸，那是菩萨和佛的境界。"

逍遥立即给我两点纠正："第一，慈悲和智慧没有高下之分，慈悲提高了智慧，智慧强化了慈悲，两者相辅相成，不可剥离开来看待。第二，如果连眼前的烦恼苦难都不能解决，还能奢谈什么彼岸境界？所以修行必须从生活入手。"看来，我是在门外观看，他是脚踏实地实践。

逍遥说修行是要解决问题的。什么问题呢？"我是谁？我为什么活着？"

这些问题让我想起了21世纪初我们刚认识而他还没有接触到尺八时的共同爱好——对联。他写对联时所用的网名叫逍遥，所以我一直叫他逍遥。他也用"道"和"遥"为双胞胎儿女取名。

他曾作过一副对联：

　　　　九天俯望：楼如草，人如蚁；其中有我；
　　　　沧海远行：水有极，舟有停；彼岸如空。

他还作过一副对联：

从何处来？到何处去？难逃亘古这一问；

迷了我眼，失了我家，困在荒原独自哭。

那时他的年龄在二十左右。我惊叹他年纪轻轻，竟有如此奇特的视角，把自己想象在九天之上，还看见自己和众人一样，像蚂蚁在地上滚爬。我又感叹他的眼光深邃，把彼岸看空。我还惊叹他的境界远远超出在尘世中为了生计名利忙忙碌碌的芸芸众生，介于哲学和宗教之间。他那时就问"从何处来到何处去"那样的问题了。

问题蛮大的，逍遥却从生活入手加以解决。他曾经有三年时间专注学尺八，主要靠妻子的收入支持家庭。后来也常来杭州帮助竹仙传授尺八。有一天晚上，逍遥在杭州和妻子通电话时发生了一点争吵。第二天，竹仙老师上楼来找他，脸色沉重地说："孙君，你回家去吧，回去陪陪太太和孩子。"逍遥说没关系，请老师不用担心。竹仙老师严厉地说："有关系，我很担心。传承尺八是长期的事情，需要家人的付出和支持，因此你必须尊重照顾好太太的心情。"然后又微笑着拍拍逍遥的肩膀："我们稳定地慢慢来，终究能完成的。"当天逍遥告诉妻子要回去了，妻子问起缘由，知道是竹仙老师的建议。她主动打电话告诉竹仙，让逍遥不要回去了。竹仙非常高兴，溢于言表，他真的很看重家人对他弟子的支持。

逍遥开馆后才有学费的收入。他觉得幸运，因为他从喜爱做的事情中得到报酬。对他来说，尺八就是生活，正如柴米油盐是生活，养儿育女是生活。人生路上，温饱虽已解决，但有更多的钱、更多的名、更多的欲望在诱惑人。面对不愿说的话、不愿做的事，怎么办？这颗心可有安放的地方？

种种问题，在逍遥看来，无非关系着两件人生大事，一是洞察自己，明了自己内心深处真正的愿望；二是安放心灵，避免真正的愿望在生存的压力和欲望的诱惑下受到冲击，渐渐放弃遗忘而埋没沦亡。

尺八帮他观察自己、洞察自己，把心灵放到一个安稳的地方。

逍遥认为，真正吹尺八的人，面临操守与生活环境的冲突、理想和现实的冲突，绝不会妥协。他们可能是独善者。独善者有所不为，专注于守持自我，拒绝被环境熏染，倾向于做一个避世的隐士，如伯夷叔齐、接舆庄子、陶渊明等人。他们也可能是兼善者。兼善者有所必为，不肯止于独享所得，希望向世界分享，希望引导更多的人，能体证己之所证，倾向于做一个济世者，如孔子孟子等人。

逍遥提倡修行从生活入手，从现实切入，最终直达本心。这种做法，既保持修行，又没有要求人人去当和尚或当佛教徒。

我等不会吹奏尺八，难道就不修行，无处安放心灵了？我又有疑问。

不是的。逍遥还没遇见尺八前就开始修行了，当初写对联就是修行。只不过，遇见尺八是机缘，尺八是他的最爱，因此才成为他的主要修行途径。儒家有儒家的修行，佛家有佛家的修行，俗世的任何人都可以从自己的生活和事业中修行。有人意识到自己在修行，有人没意识到，没意识到并不意味着不修行。他如此这般向我解释。

人人都可以按自己的方式修行，这是逍遥的意思。当我向他的几个同门求证时，他们都说自己在修行，却各有各的生活。

我问："在竹仙身上怎么体现出修行？"

竹仙的另一位弟子王树声说："竹仙老师近二十年来所做的一切，就是修行。"

践诺、守持、牺牲、奉献，这些大概是他所体现的修行吧。

+

万里泛孤舟，海天无尽头。

漂泊思绿岛，放荡梦琼楼。

风烈男儿怒，云黑浪子愁。

扬眉向天啸，壮志岂甘休。

——逍遥《孤舟》

　　我问逍遥为何独爱尺八。他回答："尺八音色独特，契合心灵，声音似从心中流出；表现力强，自由度高，可以纵声长啸，可以垂首低吟，可以激烈，可以宁静，可以沧桑，可以天真，可以愤怒，可以悲悯。同一首曲子，甚至同一个音，都可依据心境表现出各种不同的意境来。这是我独爱尺八之处，也是尺八不同于其他同类乐器之处。我吹过笛箫，笛也可以长啸，但啸不出那种崩云裂月的气势；箫也可以低吟，但吟不出那种海枯石烂的执着。"

　　夜深人静时，我独自沉浸在三虚灵的古老曲调中。《虚铎》原由和尚的禅音转化而来，音乐的分量不大，不重旋律，每个单音都很长，音调多半不变，犹如朴实无华的长竹管，纯粹，安宁，温和，只以古朴的音色传达意境。一个一个音如一根一根长竹管，延伸到远方，外观简朴，内含深意，耐人寻味。《虚空》延续《虚铎》开阔深远的意境，上穷碧落，远至无极，舒张畅顺，超拔高旷，任大鹏时而高处翱翔，时而扶摇直上。《雾海篪》深沉弥漫，如雾笼罩四周，又如月光不时照进朦胧之中，时隐时现。如逍遥所言，人世间种种功名利禄悲欢离合，种种追逐放弃成败得失，如镜中的影像，一一浮现，来去纷繁，唯愿此心如镜，沉寂不动。

　　逍遥说："《虚空》是一首超脱的曲子，近乎儒家的义和佛家的智慧；《雾海篪》则是一种入世的担当情怀，近乎儒家的仁和佛家的慈悲；《虚铎》只有单纯的声音，无相万相，总括二者，不可言说。"

　　我又听逍遥的自创曲《孤舟》《明月》。《孤舟》原是他青少年时代创作的一首诗。那时他处于流浪又孤独的状态，同时对生活充满着向往，写了这首诗反映当时心态。他后来根据此诗谱成尺八曲，题也为《孤舟》。如果说《孤舟》表达了青少年的感受，《明月》则表现成年后的心境。那时，他已经结婚生子，生活相对稳定，人生的态度和目标大抵确定，心灵比较安定。但是，安定并不等于轻松，对家庭负有责任，对未来还有追求，心上还有些压力，心中还有些冲突，只是不会动摇人生的方向。这种心境体现在《明月》中。

和《虚铎》相比，逍遥在《明月》和《孤舟》中注入更多的个人感受，也更有入世的韵味。《孤舟》的旋律最明显，起伏较大；《明月》则在波动中趋向平和，两者都比《虚铎》更有乐感，但都不脱《虚铎》所规范的古朴大气。

沉浸在缓缓而起的曲调中，我眼前渐渐浮现出一个三十几岁的男子，目光平和而有神，身材魁梧而稳当，身着黑衣，长发从头顶扎住，垂到后背。他身上有种年轻，又有一种成熟。那种年轻，天真无邪，直追古人的朴实。那种成熟，面对尘世的种种喧哗浮躁，浑然不动。他坐在竹椅上，双手扶住尺八，嘴唇抵住歌口。一股气流从丹田鼓起，送出双唇，直贯竹管中去。竹管发出的声响，久远而新近，平缓而坚韧，大气而平和。竹管是时间的隧道，传来古时音响。声响是地域的使者，穿透东渡的云，驾驭西去的潮，传递着皈依的消息。

此时，我咏起自己写的《尺八》诗：

> 明月孤舟尺八箫，弄箫男儿名逍遥。
>
> 缁衣一任中气鼓，长发且随曲调飘。
>
> 曲起大梦古原苏，调变幽径转险途。
>
> 孤舟破浪翻厚土，明月磨云翻天书。
>
> 若沉若浮意绵绵，不弃不离心拳拳。
>
> 真声元气任出入，声内融通声外禅。
>
> 禅心本来通凡心，禅吹不妨沾凡尘。
>
> 喜愆悲悯都揉进，翻出超凡脱俗音。

尺八原是中国声，销声绝响传东瀛。

七百年后回故土，犹带唐韵宋风情。

古管奥涩而艰深，逍遥初见为销魂。

师拜普化明暗派，吹彻一音成传人。

与我同好成旧知，寄来数曲慰我痴。

听到沧桑淡定处，我不信佛也禅思。

高天大海为同侪，长啸低吟入胸怀。

曲罢舟横月半落，无忧无怖随梦来。

六个签名

　　《中国姜罐》是半个世纪前出版的书，记载七八十年前美国医生司福来在中国的传奇经历。当难民在日军铁蹄下大批逃亡时，他踏上山东的土地；当美国人在解放战争的炮声中纷纷撤离时，他选择留在广州。他为鸦片病人戒过瘾，救护过黄河水患后的灾民，山东省主席韩复榘曾亲自登门致谢；他被日本兵打伤过，差点丢了命，后被关进集中营；他在1949年以后曾被选为模范，但最终被迫离开。

　　当我拿到这本书时，主人公和作者已经去世二三十年了。作者是司太太迈拉，她在题献页上写道："献给六个人，愿他们不遗忘。"六个人是指他们的子女，现在分别居住在美国和英国不同的地方。为了不遗忘的愿望，他们愿意为我在母亲的题词下签上名，并帮助我了解那些难忘的往事。

一

　　签名："吉姆·司考维尔（老大），2017年2月18日，纽约长岛。"

　　吉姆有个中文名叫司来华。他在中国长大，十八岁才来美国上大学，在海军服过役，退役后在长岛当记者。这一天，吉姆身着枣红色毛衣，神采奕奕，和我面对面坐在长岛一家中餐馆里。八十六岁的他，身上保留着旧时的风尚；在手机时代，他手上戴着手表。他头上的白发和脸上的皱纹，蕴藏着许多往日的信息。

吉姆从我手里接过《中国姜罐》，郑重地在母亲的题词下签了名，并在签名旁边注上"老大"。他自豪地说，母亲写完初稿后，在六个子女中只给他这个老大看过。他一边品尝美食，一边讲起父母的往事。

吉姆的父亲叫作弗瑞德·司考维尔，生长于纽约州，个头儿瘦高。1930 年 8 月，弗瑞德二十八岁，刚刚从医学院毕业，即受基督教长老会教会委派，携带司太太迈拉和四个月大的吉姆，乘船跨过太平洋，来到遥远而陌生的中国。他们在北京学一年中文后来到山东济宁。在济宁，他是司福来医生，兼当院长，护士出身的司太太负责培训护士。

吉姆介绍，那时在纽约，人人都可以拥有小汽车。而在济宁，全城只有三辆小汽车，都是外国人的，常见的高级一点的交通工具是人力车。现在有几个美国人知道人力车？恐怕只有像他在那个年代在中国生活过的人才会知道。在纽约，人们可以使用自来水，上平坦的公路，观赏净洁的乡村；在济宁，黄河泛滥，疾病流行，一次夺去一千多人的性命。纽约有先进的医疗条件，济宁只有一家小医院，叫作德门医院。中国需要司福来，所以他来了。

司福来来到济宁那天，和家人把行李从人力车上搬下，往门前一放，便往斜对面的德门医院跑。这是济宁唯一的医院，位于牌坊街。医院只有两个半医生。他管内科，没有外科医生时兼管外科，一个中国医生管妇科。医院设备简陋，墙是土墙，病床是木架，刚开始只有四十个床位，后来扩增到六十个床位。他一天忙到晚，把全部心神都放在医院。

有一天，一位杨乡长来见他。杨先生是个社会学家，从北京到乡下搞禁烟的社会实践。他把吸鸦片的人关押起来。这些人烟瘾一来，恨不得一头撞死在墙上，所以他来请司福来想办法。司福来正好从《中华医学杂志》上看到一种治疗方法，决定试试，便带着司太太当助手，跟杨先生下乡。

他将斑蝥磨成粉，和凡士林混合在一起，敷贴在病人的上臂巴掌大的地方。经过一夜的烧痛煎熬，水泡从敷贴下的皮肤下冒出来。他将水泡液抽到针筒里，注射到病人的胸肌中。第一次注射后烟瘾开始减退，三四次注射后完全断了烟瘾，从此戒烟。为此，杨先生碰到了新的麻烦，这些山东大汉食欲大增，把粮食吃光了还不够。这种方法听起来匪夷所思。我特意查了文献，《中华医学杂志》在 20 世纪 30 年代确实发表过这种戒烟方法。

治疗烟瘾只是分外之事，他平常得面对许多伤寒、痢疾、疟疾、结核病人，来医院的病人都已病得不轻，而医院的床位不够，让他穷于应对。遇到黄河泛滥后疾病流行，他的负担更重。面对诸多困难，他淡定乐观，只有几回病人不治死亡，让他觉得沮丧，神情凝重。

他原可以凭自己的本事在纽约做个富裕的医生，过上惬意的生活，却跑到缺医少药的济宁来，每天有看不完的病人、做不完的事。只因济宁更需要他，这是更充实的人生。

二

签名："卡尔·司考维尔（老二），2017 年 3 月 1 日，麻州牙买加平原。"

卡尔的中文名字叫司济华。他于 1932 年生于山东济南齐鲁大学医院，高中毕业后才来美国上大学。他退休前在波士顿当牧师，并开辟了一个无线电传道节目。

1937 年 8 月，日本发动大规模侵华战争后不久，司福来携家人又一次登上前往中国的轮船。他回美国休假，没想到战争爆发了。他乘休假的机会进修，买仪器，学习 X 光技术，要在中国为肺结核病人拍片。轮船行至太平洋中途，消息传来，日本军队已经占领了上海！他先到济宁，家人几经辗转于圣诞节那天才到。三个星期后，济宁沦陷！

司福来医生仗着美日还维持着正常的外交关系，在医院外面挂上美国旗，免得日本兵来骚扰。有一天，一个喝醉的日本兵还是闯进来，调戏护士，司福来和员工缴了他的枪，并叫外面的另一个日本兵来处理。外面来的日本兵命令把枪还给醉鬼。醉鬼这下生气了，将子弹上膛，命令司福来带他去找护士。司福来朝外走，希望把他引出医院去。走了十几步后，日本兵在他背后开了一枪，打中腰部，他扑倒在地。日本兵走上前去，对着他的脑袋扣动扳机，不响，再扣动，还是不响。奇迹发生了，枪竟然哑火！那颗子弹从他身体内穿过，没有引起严重的内伤。

卡尔介绍，德门医院原叫巴可门医院，由美国长老会教会于 1896 年创建。最初派来的医生同时也是传道士，既要拯救肉体，又要拯救灵魂。可是，拯救灵魂和拯救肉体都是非常专业的事业，很难由一人兼任。后来教会只派医生来，教堂交给中国人自己主持。在一个没有基督教传统的国度，拯救肉体相对容易，能否通过肉体触及灵魂，就看各人的造化了。司福来虽关心灵魂，却并不传教，就因为那件奇迹，他比任何传道士都更触及人们的灵魂。

卡尔说，父亲的父亲、祖父和外祖父都是牧师，他从小立志要做个医学传道士，志愿始终没有改变。当他和迈拉刚认识时，便坦率告诉她，今后得随他到遥远的国度去行医，否则趁早拉倒。

我原想问卡尔："你父亲是为了上帝还是为了病人来到中国？"后

来觉得虔诚的教徒不会考虑这样的问题，为了上帝就是为了病人，为了病人就是为了上帝。我问了另一个问题："你父亲一生为自己挣得什么？"他想了想，微笑着摇摇头："父亲不为自己挣什么。"

三

签名："维祺·司考维尔·哈里斯（美华），印第安纳州安哥拉。"

维祺是司家老六，三个姐妹中排行老三。她给我寄来一个电邮："我相信父母会非常高兴你对他们的经历感兴趣。他们把中国当成第二个家。"

1941年12月7日，日本袭击珍珠港，司福来和家人在第二天被软禁在家。除了医院，他不可以去任何地方。1943年3月，他们夫妇和五个孩子被关进潍县（今潍坊）集中营。美国领馆早就发下通知，要求美国人回国，特别要求妇女和小孩离开。司福来不愿意离开病人，司太太不愿意离开丈夫，他们决定不走。在集中营里，维祺开始在妈妈肚子里长大。几个月以后，日美交换被拘押人员，他们开始了三个月的海上旅程，从上海出发，经过香港、西贡、马尼拉、新加坡、印度果阿（在此交换拘押人员，他们获得自由）、南非、巴西里约，于12月1日抵达纽约市，全程将近五万公里。上岸后，司太太立即被送进医院，还没有到达产床小孩就出生了。纽约市在热烈欢迎被拘押人员的同时，迎来了一个小女孩。

父母为她取名维多利亚（昵称维祺），意为胜利，纪念他们胜利归来。父母还为她取个中文名，叫美华，纪念在中美两国的经历。美华和梅花的拼法一样，司太太将它解读为梅花。她喜欢中国古典意象，知道梅花在艰难的处境中傲然挺立。他们刚经历了一场劫难，将来恐怕还要再经历。

1945 年 8 月 15 日，日本宣布投降的消息传来，举家欢腾时，司福来抬眼望着远方，自言自语：晚上必须给教会写信，要求回到中国。他于第二年回到济宁，那里战火连天，他觉得难以工作，便到安徽怀远，两年后教会把他调到广州。他在柔济医院任内科代主任，并在岭南医学院教课。

广州解放前，美国人都撤走了，只有司福来留下来。他的国家成了新中国的敌人，他的宗教成了麻痹人民的鸦片，他满不在乎，只相信新中国需要医生。新中国确实需要医生，他为伤员治伤，给百姓治病，生活忙碌而充实。有一次，他给一个断腿的女病人捐血，为了不让病人觉得血管里流着美国人的血而不快，他叮嘱护士不要声扬。后来这事还是传了出去，为此，他被当成模范表扬，奖励金色钢笔一支。他常给人捐血，并不觉得这种事值得一提，在司太太的劝说下才勉强参加表彰大会。

当时，朝鲜战争已经开始，街上时常举行反美游行，形势对他越来越不利了。不久，矛头直接指向了他，指责他慢待伤员，控制医院的财政，充当美帝的间谍，都是无中生有的事。最后，他被剥夺看病的权利。政治环境不利，他不在乎；信仰环境无存，他不在乎，他只想当医生。现在连医生也当不成了！他在医学院还有两节课没上完，同事打电话叫他别来了，免得看见墙上贴满了批判他的墙报。

1951 年 1 月 24 日，司福来带着全家离开广州，前往香港。三个大孩子来华、济华、爱华都已回美国念大学了。他们身边跟着三个年纪小的孩子，德华十二岁，中华九岁，美华七岁。他踏上罗湖桥，一言不发地走向香港。那时他年近半百，把生命中最宝贵的二十年奉献给了身后的这片土地。他很愿意继续奉献，没预料到这种结局，当时的心情难以言状，此后的郁闷一辈子无法解脱。司太太走到桥中间停下，抬头看前面的香港，回头看后面的大陆，他们要永远离开了！她突然抱住同行的阿姨，放声大哭。

四

签名："汤姆·司考维尔，2017年3月13日，加州胡桃溪。"签名旁边加盖红色印章：司德华。

时光悄悄地从司家流逝了二十八年。1979年1月7日，德华带妻子和一对子女，从香港踏上罗湖桥。德华已经四十岁了，跟在他身边的儿子正好十二岁，和他从这座桥离开时同龄。他想起母亲在桥上放声大哭，当时不懂为什么，现在懂了。对面还是解放军战士在五星红旗下站岗，他回到中国了。作为1949年以后首批受邀的美国专家（他是语言学教授），他到天津外国语学院任教一年。

德华想利用假期去济宁看看，因为他出生在那里，他还答应过父母，要替他们看看曾经生活过的地方。可是，当时济宁像全国绝大多数地方一样，还没有对外国人开放。改革开放刚起步，很多地方还封闭着。他不可以随便到北京、上海、天津以外的地方自由溜达，出行必须有外事人员陪同，到济宁去需要批准。

他提出寻根的理由（他为老家而来），提出孝道的理由（他为父母而来），都不批。普通的美国人是想不出这种理由的，因为他们的乡土和孝道观念不像中国人那么强烈。德华是例外，他在中国生长过。最后，他提出来："当我们两个伟大国家在增进友谊的时候，请求让我这个在山东出生的人回到老家，好让我和父母分享这次访问。这样的要求不太过分吧？"

他终于得到批准，可以去济南，到了济南以后再申请去济宁。

德华出生于济宁，四岁时被送进潍县集中营后，再也没有回去过。他对广州的事情记得很清楚：国民党飞机来轰炸广州，他捡过炮弹片；抗战时落下没炸开的炸弹，他在河滩上挖到一颗，拖回医院，吓坏了所有人。山东的事他只记得一件：集中营的日本军官把他抱去和儿子玩了一个下午，父母和所有拘押人员为找他把整个集中营搜了个底朝天。他对济宁一点印象也没有，离开时年纪太小。

没关系，记忆深处有一种呼唤把他引到牌坊街一座老房前。他一眼就认出了它，他已在照片上无数次看到它。梦中的家，终于出现在他眼前！他望着大门，年过四十的父亲的身影仿佛匆匆闪过，他总是吃完饭后就要出门到医院去。两岁大的德华仿佛从大门出来，跌跌撞撞走下台阶，母亲连忙从后面跟随着出来。

晚上，八十几岁的老李拄着拐杖来到客房见面。老李当时是医院员工，帮他父亲缴了日本兵的枪，亲眼看见日本兵开枪把他父亲打倒在地。老李站起来，拿拐杖当枪，学着日本兵的样子，对着地上扣动扳机。结果枪哑火了，他说。父亲侥幸捡回了一条命。

什么是寻根？就是在一座老房前看见自己的身影，在见证人身上看到往事重演，看到断裂的历史缝合。有些事不必亲身经历，有心人可以将它们变成自身的一部分。德华终于圆了回乡梦。啊，济宁！啊，老家！

德华圆了回乡的梦。此外，他隐隐觉得，这趟是来见证一个新时代的开始。三十年以后（2009），当他退休后决定把这段经历记录下来时，想起了一句中国老话：三十年河东，三十年河西。他写道，前三十年，中国历史之河往东流，往内流；后三十年，中国历史之河往西流，往外流。

五

六个签名：吉姆（来华）、卡尔（济华）、安（爱华）、汤姆（德华）、茱蒂（中华）、维祺（美华）。

《中国姜罐》从纽约长岛出发后，经美国麻州、佛州、加州到达英国后又返回美国印州，于 2017 年 4 月 8 日回到我手中，题献词下多了六个签名。我捧着书，胸口有点异样的感觉，微微在颤动。翻开书页，积压了五十多年的书香扑鼻而来。触摸封面，触摸到七八十年前的往事。

这是 1962 年出版的书，曾在美国掀起一阵轰动。在那隔绝的年代，它无缘进入中国人的记忆。作者的愿望是不要遗忘，可是没有记忆，哪来遗忘？我看着六个签名，觉得它们终于接通了时代的脉搏、连上了地域的纽带。

七八十年了，该记住的还是被记住了，远在大洋彼岸的济宁也在重温往事。2016 年，前身是德门医院的济宁市第一人民医院隆重庆祝创建一百二十年，典礼上迎来了两位八十多岁的老人——司来华和司济华。两个兄弟替父母来看望他们曾经付出无数心血的医院了。

医院原来并不知道司家人在哪里。有一次，吉姆到长岛退伍军人医院看病，和我的朋友彭沈一医生聊起了中国，聊到山东，聊到济宁，聊到了共同的根。彭医生的祖籍就在济宁。经彭医生积极穿针引线，医院和司家人取得了联系。

今日的医院在德门医院的原址上扩建，规模宏大，床位增加了几百倍，各种现代化设施应有尽有，而且在扩建中，远非当时六十个床位可比。规模大了，人们更愿意去回顾那简陋的草创时期，那种简陋最值得珍惜。于是，他们请来了这两位当时的见证人。除了德华以外，济华在 1987 年带着家人访问过医院，没引起任何反响。他们从天上摘走了一片云彩，地面上没起一圈涟漪。这次不一样了，医院隆重地邀请司家人前来参加庆典，浓墨重彩，记录在文字和视频里。

司来华临出发到中国前对女儿说："父母要是能一起去多好。"女儿说:"他们会在那儿。"

司济华回到美国后给我发来一个电邮:"没人真正离开过中国,因为中国一直没有离开他。如果你在中国生活过,中国就成了你自身的一部分。"他补充道:"这是替我自己,也是替父母说的话。"

舞台上下

一

阿摩站在舞台上，一幅美国土著打扮：头扎彩带，长发垂到背后；身穿左半边猩红色右半边米白色的传统长袖上衣，米白色的上衣胸前绣着一只雄鹰；腰间束着浅蓝色的腰带，两条饰带从腰带上垂下来，垂到长筒靴上。他站在伴奏的交响乐队前面，举起小提琴，介绍他创作的奏鸣曲《一个派尤人的旅程》。

"我要用音乐把你们带到一个男孩的传奇里。男孩名叫宁奇，生于1829年春天，是个混血儿，母亲是派尤族印第安人，父亲是苏格兰血统的开垦者。父亲在他出生后不久，声称要沿着西班牙商人过来的路去弄几匹马回来。派尤人原是步行的部落，但他要为他们弄来马。他是个小提琴手，他把小提琴留下来，坚信自己一定会回来拉琴。很不幸，他没回来。他想去偷几匹马，显然是被抓住了。"

阿摩在演奏之前告诉观众，宁奇的故事是他阿摩人生的重新演绎，是他的灵魂之旅。阿摩生长于美国犹他州南部，母亲是派尤人后代，父亲是苏格兰人后代。小时候，母亲把一把朋友留下来的小提琴给了他。

奏鸣曲开始了，乐曲把人们引入宁奇的母亲怀孕时的梦境。小提琴声急促而不顺畅，似乎在描绘一个不祥的梦。年轻的母亲在梦里预知了小孩将来崎岖的人生旅程，她看到战争，看到伤害，看到失望，看到艰难。然后，琴声变得浑厚而缓和，像急湍的溪水汇入大河，像攀登的人终于抵达峰顶，眼前豁然开朗。母亲醒过来了，她听见鹰在高空叫唤，她的心里充满平静，她知道这个男孩将给族人带来吉祥。

宁奇的童年和少年在新的乐章中次第展开。他被奴隶贩子抓去，卖到加州的修道院。神父教他拉小提琴，好让他在礼拜天做弥撒时当帮手。当他长到十五岁时，由于神父没有兑现让他自由的许诺，他逃走了，落入墨西哥军队手里，被派到前线和美军作战，去打一场他不知道为什么要打的仗，面对他不想面对的敌人。硝烟弥漫中，他腰部被打伤，血流满地，摔倒在地。这时，他恰好看见有一匹没人乘坐的战马向他这边跑来，便使出最后一点力气爬上马鞍，逃离战场。他为自己争得了自由。

阿摩的外婆是个派尤族孤儿，被人收养，从小在摩门教的白人环境中长大。她拒绝和派尤族人来往，生怕他们把她带回部落领地去。族人带着礼物来探望她时，她隔着门说话，不让人进门。阿摩的母亲是个混血儿，但长着一张纯种的印第安人的脸；这张脸让她从小受尽歧视。她用了一生的时间要融入白人的社会。别人要是提起她的印第安血缘，她便怒目相对、恶言相向。阿摩看着她那张印第安人的脸，不敢问她任何关于印第安人的事。阿摩身上只有四分之一的派尤血缘，拥有白人的肤色，脸型有点印第安人的模样，但如果他不说明，人们都以为他是白人。经过外婆和母亲两代人的努力，他终于上了白人的大学，成为白人社会的一员。

有一天，成年的阿摩踏上犹他南部干枯的荒原，走进几百人口聚居的施威兹族群，那是一个派尤族小部落，是他外婆出生的地方。这个族群自古以来赖以生存的水源被摩门教白人所控制，一百多年来一直在困境中挣扎，最近才由法庭判给它一些水源。他从长老的谈话中，从表亲的眼神里，从族谱中，从传统庆典中，获得了血脉的认同。母亲不再反对他寻根认祖，并将一份文件给了他，证明他有施威兹族群血统。此后，他学会了吹奏印第安人的长箫，并一直带着长箫登台演奏，将印第安风格的音乐献给观众。偏见和不公套在前两代头上的诅咒，终于被他打破。他为家族争得了自由。

宁奇的人生之路在新的乐章中延伸。他投入南加州卡惠利亚印第安人部落，在那里成家立业。但他心里有个空洞，需要他那没见过面的父亲来填补。于是，他在洛杉矶海湾登上一条商船，跨海而去。他在船上拉小提琴，并向来自五洲四海各种文化的人学习各种风格的音乐，其中就有凯尔特音乐（苏格兰音乐）。当他终于到达苏格兰时，人们发现他用小提琴述说凯尔特故事，立即向他伸出热情的双手。他没有找到父亲，却找到了父亲所属的民族。

阿摩的音乐风格兼收并蓄，其中就有凯尔特音乐，为此他受邀到苏格兰参加演出。凯尔特文化在欧洲有数千年的历史，后来一直被排挤，只剩下海岛上有些爱尔兰人和苏格兰人讲凯尔特语，他们的人数现在也已经所剩无几了。这趟行程有个额外的收获，他姑姑帮他把他们家族在苏格兰的根基追寻到 1774 年的肯尼迪家族。所以，这是他人生中意义重大的寻根之旅。

台上的阿摩，腰带右侧上系着派尤饰带，左侧上系着凯尔特饰带。他说，这两个民族有共同的历史，他们都是部落社会，都重视传统，重视忠诚，他们的土地、语言、文化、传统曾经都受到毁灭性打击，他要把这些民族的传统继承下来。

这年 9 月初，阿摩来参加纽约长岛辛奈克印第安人部落举行的传统庆典。他在吹奏自创乐曲之前告诉观众：

"从前有个鹜的社会，和平安定。五百年前，雕来了，到处侵略攻击，雕的社会取代了鹜的社会。现在，世界要进入新时代了，鹜和雕要一同进入新时代了。"

二

"红尾鹰象征自由、乐观、重生、远见、卓见，它那明锐的眼光能为我们的人生指明道路。当我们看到小鸟在追袭鹰时，可以从中得到启发。它让我们懂得，有人说话伤人时，他们伤不着我们，除非我们相信。别理他们，往高处飞，像鹰那样。"阿摩讲完这几句话后，提起小提琴，演奏起他创作的《红尾鹰》，曲调高昂而不失优美。

阿摩从九岁开始学习拉小提琴。他是个内向的男孩，小提琴是他的世界，是他的安慰，是他一生的愿望。学校的音乐老师和大学的教授却对他说，他没有天分，将来无法演奏。这种话将他的世界撞击得倾斜了一半。他无比失望："这些人本应滋养我的梦想，他们却要扎破它。"

不过，他没有放弃对梦想的追求。俄亥俄州立大学给了他一份奖学金，但是那里的教授不看好他。他便放弃这份奖学金，转到伊利诺伊大学，受小提琴名师保尔·罗兰教授指点。教授教他不但要懂得拉琴的技巧，更要拉出心中的乐感。他的才华被教授挖掘出来，信心更加坚定，激情更加勃发，终于成为专职音乐家。

音乐是他少年时的热爱，后来是他成年的人生道路，现在则是他的使命。他的梦想终于没有破灭，而且转化成牢固的信念，他心中的鹰越飞越高了。

"马代表力量、自由、独立。你爱马吗？我爱马。它传递的信号让我找到自身的力量，挖掘自身的潜力，改掉旧习惯，学走新道路。"这是阿摩演奏他创作的《马》乐曲的前奏。

阿摩出道以后，被著名的格伦·坎贝尔乐队看中，邀请他一起演出。从那以后十一年内，他跟随这个乐队到世界各地巡回演出。格伦·坎贝尔是著名乡村音乐家，跟他同台演出，这是多少人梦寐以求的梦想，但是阿摩觉得若有所失。他只是给别人配乐，虽然配得很称职，但那音乐不是他的音乐，那舞台不是他的舞台。有种声音从心底传来，叫他走出自己的路来。于是，他退出乐队，自己谱曲，自己演奏。有时他独奏，有时有交响乐团为他伴奏，他总是站在舞台的中央。他争得了属于自己的舞台。

阿摩现在每年有一百六十场演出。他和妻子开着移动房屋，一年跑几万公里路。他曾经认真地考虑过，是不是把移动房屋卖掉，住在一个固定的地方。他最终觉得那不是他的生活方式，他需要活动，他需要活力，他需要一直在路上，从一场演出赶往下一场演出。他的派尤祖先是荒原上的游荡者，从一个地方迁移到另一个地方，从不留下任何东西，不停留下来。他的身上流着派尤人的血，他也不能停留下来。他像马那样自由奔驰。

"蜻蜓代表蜕变。它从水中的若虫开始，华丽转身，飞到天空中，翅膀上闪着五彩光芒。它教育我们，只要我们遵从造物主赐给的内心愿望，将它表现出来，我们就成熟了，我们的本色就会闪光。"这是阿摩在演奏他创作的《蜻蜓》乐曲之前的引言。

阿摩从小学习西方古典音乐，经过名师指点，手法已经娴熟。但是他不愿老待在那端庄典雅的氛围里，而是不断尝试各种风格的音乐，印第安、凯尔特、乡村、民歌元素，统统纳入他的曲调中。他还从印第安人那里学会讲故事，每个曲子之前，都要讲上一段意味深长的警语哲言。他创作了许多关于动物的曲子，包括《红尾鹰》《马》《蜻蜓》等，收在三个专辑里。他拥有几百万听众，他们喜欢他那独一无二的音乐和故事。他像蜻蜓一样，成功地蜕变了。

三

"我在地上看见一块石头。一亿八千七百万年前，地球上就有这块石头，一亿八千七百万年后，当我们早已成土成灰，这块石头还会在。我们的生命多么微不足道，我们的烦恼多么微不足道。"

在辛奈克印第安人部落的舞台上，阿摩讲了这一段话，然后吹奏出空灵通透的箫声，把人们带入更高的精神层次。

阿摩在台上总是以智慧、励志、高尚的面貌出现在观众的面前，他在演奏之前的演讲是一道亮丽的风景，他以独特的演说和演奏征服心灵。经过多年来的努力，他发布了二十几辑 CD 和 DVD，获得了多个奖项，拥有数百万听众。他已经小有名气了。

在美国，球星、歌星、影星被认为是成功的模范，媒体总要来取经，他们也要发表一番励志的话。阿摩在台上所讲的话比他们精彩多了。不过，有个采访者还是在表演后问他，作为成功的表演者，他有什么话要对粉丝们说。这次，阿摩没有发表励志演说，而是语气凝重："你不能通过音乐了解作曲家，不能通过艺术了解艺术家，就像你不能通过世间万物了解造物者。台上的我不是台下的我。"

随着现代社会媒体的发达，娱乐界炒作成了家常便饭，我们这些丧失追星情结的人，大概也都知道台上的表演者拼命把光鲜的一面呈现给观众，至于在台下，他们也和普通人一样，良莠不齐。明星们没人愿意出来扫兴，道出"台上的我不是台下的我"的真相，只有阿摩愿意。

阿摩的童年是在小提琴声中长大的，听起来如同童话一般。但是，他的父亲脾气暴烈，父母经常吵架，迫使他躲进自己的屋里拉小提琴。与其说小提琴是他的乐园，不如说是他的避难所。他是个胆怯、羞涩的男孩。是小提琴让他疗伤，然后带领他进入一个想象的世界。

这个阿摩，不是我们在舞台上看到的那个侃侃而谈、妙语连珠的阿摩。

阿摩也有对名利的追求，对成就的期望。他不是大红大紫的明星，他和别人比还差太多。现实和梦想之间还有一道鸿沟，搅动心魔，时而愤怒，时而忧郁，甚至连自杀的想法都有了。台上的他眼光深邃，看到亿万年前，亿万年后；台下的他走在悬崖边上，差一步就要跌落，粉身碎骨。有个音乐人好朋友和他一样为心魔所缠，终于无法摆脱而结束了自己的生命，让他觉得同病相怜，倍加伤神。当他说"台上的我不是台下的我"时，语气哽咽，眼圈变红。

现实中的阿摩，不是台上那个智慧、励志、高尚的阿摩。

他接着说："台上的我是个更好的人，他是个有志向的人。我只是努力争取在日常生活中做得跟他一样。"

于是，他鼓励说，像鹰那样，往高处飞；像马那样，挖掘自身的潜力；像蜻蜓那样，华丽转变。他又说，像熊那样，从自省中找到力量；像狼那样，精诚合作；像鹭那样，能独处又能合群。他还说，世界上所有的动物，比我们更早存在于地球上，比我们更亲近造物者，比我们都更接地气，我们能从动物身上发现很多宝贵的优点。于是，他创作了许多动物图腾。

与其说他是在鼓励别人飞到天上，不如说他是在警诫自己不要坠入深渊。

台下的阿摩和台上的阿摩还是同一个人。

远古的召唤

一

"我是印第安人。"辛迪亚告诉我。

"真的吗?"我原以为她是黑人,因为她肤色黑。

"你看,我们印第安人颧骨很高。"

辛迪亚是护工,来我家照料老人。她年龄在五十开外,肤色偏黑,个子高挑,披着披肩,颇有气质,非常健谈。经她指点,我透过肤色注意到,她的脸比较扁平,颧骨比较高,具有典型的印第安人脸形。

辛迪亚生于亚拉巴马州加兹登市。父亲阿维是南方黑脚人。黑脚人原指住在美国西北蒙大拿州和接壤的加拿大阿尔伯塔省的印第安人,他们因为穿黑鞋而得名。南方的黑脚人却是印第安人和黑人混合的后代,和北方的黑脚人没有关系,只是从他们那儿借了个带黑字的印第安名字。阿维这辈子最大的成就是建了个庞大的家。他娶了一个妻子,和她生下十八个子女(包括三对双胞胎),还和几个女人生了二十多个子女。阿维的后代已经传到了曾孙玄孙辈,人数上千。他这个家族可不是一般的大了。

辛迪亚的母亲酷丽是切罗基人。切罗基是美国最大的印第安部落,现有三十多万名正式成员,另有八十多万人自称祖上是切罗基人。酷丽漂亮单纯；因为漂亮受到不少男人的青睐，因为单纯而与他们坠入情网，生下了十二个子女，其中辛迪亚和妹妹是与阿维所生。算来辛迪亚共有五十几个兄弟姐妹。

听了关于她家族的介绍，我对阿维产生了兴趣。于是和辛迪亚有如下的对话：

"你父亲一定很帅，才会迷倒不少女人吧？"

"我懂事后就没有见过他，但是从相片上看，他长相一般。"她从手机里调出一张父亲的照片。

"他长得不错嘛，天庭饱满，眼睛好大好亮。"

"我不觉得他好看，但是确实有很多女人喜欢他。"

"你觉得父亲是怎么样的人？"

"他生了我，但没有养我。他还乱伦。"辛迪亚爆出个更大的丑闻。

"你父亲和谁乱伦？"

"他和我姐姐生了个小孩。"

"你父亲和你姐姐是父女关系？"

"不是，姐姐是母亲和另一个男人生的。"

"姐姐不是父亲的女儿，那不算乱伦。"

"但和乱伦差不多。"

"你怎么看待这种事？"

"它是耻辱。"辛迪亚的神情颇为严肃。

看来这个生她不养她的父亲在她心目中很没有地位。

"我想你和那些同父异母的兄弟姐妹的感情一定很疏远，不会和他们来往吧？"

"正相反。我们每年几百人聚在一起，欢聚一堂。"

"你们在一起干什么？"

"他们告诉我很多我不知道的事情啊。他们告诉我，我小时候到过父亲的家，我一点都记不起来。"

"你为什么要和他们聚会？"

"因为他们都是我的兄弟姐妹，我的家人。他们的模样和我一样，我们脸上都有高高的颧骨，我们都流淌着同样的血液，我们是同族的人。"

我似乎明白了什么道理，印第安人曾是美洲大地的主人，可现在人数少得可怜。没有数量还谈什么种族延续和文化传播！也许，将人数增加便是对它最大的贡献。从这个意义上讲，这些种子繁衍传播，已经散布到了美国的许多州，西至加州，东至纽约，南至加勒比海，为种族的延续做出应有的贡献。其中一颗是辛迪亚，飘到千里外的纽约长岛，落在我的客厅里。

她坐在我的客厅里，身后的玻璃窗外有一棵朱槿在秋风中摇曳。夏花已退，秋实渐熟，明年将会有一大批新苗从地下长出。院子里种了多种树，松、柏、枫、榉、橡等大树，种下一棵长成一棵，只有朱槿是例外，正拼命地繁殖后代。这棵朱槿树下已经长出许多小朱槿。从朱槿的角度看，这是生命力的体现。现在，它的生命力正在秋风中张扬。

二

我在长岛居住了二十多年，知道长岛留下不少印第安人的踪迹，特别是以印第安名命名的机构和地方。我家附近的小学叫作帕曼诺小学；印第安人把长岛叫作巴曼诺，意为"奉献的土地"。我在曼哈塞镇工作过，曼哈塞是一个长岛印第安部落的名称。秋天去马萨匹克保护区看红叶，马萨匹克是另一个印第安部落的名称。不过，当美国独立战争的第一仗在长岛打响时，岛上的印第安人已经所剩无几了。他们的一部分在冲突中被欧洲殖民者打死，大部分则被欧洲人所带来的疾病夺去生命，剩下的基本上被挤出祖祖辈辈定居的巴曼诺。我以为长岛再也没有印第安人了。

长岛还有印第安人，辛迪亚告诉我。她来到长岛后便与印第安人取得联系，特别是辛奈克部落。辛奈克部落位于长岛东南部，现有人数约为一千四百人。它拥有自己的领地，并且于2010年取得联邦政府承认，成为印第安国。之所以叫作印第安国，是因为它拥有某种政府的地位，拥有一定的独立性，联邦政府或地方政府是不可以插手它的一些部落内部事务的。例如，治安属于部落内部事务，外面的警察必须受到邀请才可以进去协助处理。当然，这个印第安国的规模极小，平时就称为部落了。

欧洲人到来以后，北美各部落的印第安人的人数一减再减，地盘一压再压，不同部落的人被不幸的命运挤压到一块儿，互相融合。社会发达以后，他们又借着现代交通工具分散到美国各地，进一步和其他部落的人接触。彼此陌生的印第安人在对方的脸上看到了跟自己一样的颧骨，知道他们身上流淌着同样的血液。

"你的父母都不是辛奈克人，几百年前，你的祖先大概也不知道长岛有辛奈克部落吧？"

"对。"

"你也不会讲他们的语言吧？"

"不会。他们很多人也不会讲自己的语言了，我们用英语交流。"辛迪亚一脸坦然，显然不觉得他们必须讲同族的语言。

"那么，你为什么要参加他们的活动？"

"因为我们是同样的人，我们有共同的文化。"

"你们的共同文化是什么？"

"舞蹈。舞蹈从古代流传下来，流传在各个部落。我们跳同样的舞!"辛迪亚耸起颧骨，眼中放出光芒。

中国人有共同的文化，是因为他们有共同的语言。这个道理在印第安人身上显然不适用。印第安人有共同的文化，是因为他们有共同的舞蹈！我第一次听到，印第安人是这样看待文化。

辛迪亚刚参加了长岛辛奈克部落在9月份举行的刨瓦节，参加了跳舞。刨瓦节大概起源于中西部平原的奥马哈部落，他们以粗犷而不失华丽的舞蹈庆祝战斗结束，展示战士的勇敢和自豪。刨瓦节后来传至全美的印第安部落，成为全美印第安人的共同庆祝活动。

她从手机里打开视频，让我观看刨瓦节节目。来自全美各地乃至墨西哥的印第安部落代表，身着各式传统服装，一队接着一队依次入场。他们踏着四拍节奏的舞步，一脚踩两步，然后再换另一脚踩两步。这种基本节奏演绎出各种行进式舞步，小伙儿前后跳跃而充满阳刚之气，姑娘上下弹跳而不失亭亭玉立，妇女轻盈曼舞而保持优雅，领队的长者气定神闲，仍然一边踏步一边律动。

在各种舞蹈中，大概数华丽羽衣舞最引人注目了。健壮的男子身穿色彩鲜艳的服装，头戴刺猬针毛头饰，背上和后腰各系一大型鹰羽扇，各种服饰有许多彩带垂伸。随着快速的节奏，舞者们激活身上每一块肌肉，同时抖动、跳跃、旋转，扇动背后的大鹰羽，带动身上几十条彩带随之飞扬，身影如遍野鲜花不断更替，色彩如一天彩霞随风云闪烁。那种抖动，是挤压后迸发出来的爆破；那种跳跃，是将小舞台当成大原野来驰骋；那种旋转，是把生命抛给天地，将天地裹入生命；那种舞蹈，是无穷活力的体现。

"舞者们在圆形的舞台上表演，圆形有什么意义吗？"

"在我们的传统里，生命无始无终，舞台的圆形也无始无终，它是生命的体现。"

"舞蹈的哪一部分最关键？"

"最关键的地方不在舞蹈本身，而在鼓声。"

"愿闻其详。"

"舞者得随时听从鼓声的指挥。鼓声停了，他们得随时摆出造型，即使是一脚还在空中。鼓声控制节奏，使舞蹈的节奏和血液的脉搏合拍。听鼓声就如听灵魂的召唤。"

鼓声从一面鼓发出来，击鼓者却有五六个人，可见击鼓之重要。我听了真有种感觉，鼓声不但使舞蹈的节奏和血液的脉搏合拍，恐怕还使远古的节奏和大地的旋律合拍呢。我想，进入这境界，便是将生命融入某种大背景、大本源了。

既然鼓声是关键，那么那伴随鼓声的歌声也不可忽视了。我开始回味歌声，它不像莺歌而如雁叫，在广阔的空中回荡。歌是鼓手们唱的，它不优美，它也不可以优美。只有这样带有几分野性的歌声才配得起那鼓声和舞蹈吧。

三

辛迪亚年纪很小时随母亲离开亚拉巴马来到纽约，住在布鲁克林区一个比较贫困的地方，念到高一便辍学了。那地方毒品泛滥，她难免受到影响，曾经因为涉及贩卖毒品被抓。以这样的生长环境和教育程度，可以想象她的一生常常陷入困境。不过，她挺过来了，还把五个子女养大成人。她认为没有迈不过去的坎。

她在网络地图上指给我看辛奈克部落在长岛的领地，特别指着辛奈克长老教会教堂。

"长老会原是欧洲人的教会。你怎么看待欧洲人？"

"他们夺走了我们的土地。"

"现在你还怨恨吗？"

"有时候会恨得咬牙切齿，恨不得在大街上冲着路人发泄一番。"

"你发泄过吗？"

"没有。我们都是现代人了，过着现代人的生活，懂得现代人的规则。我是个护工，照顾各种各样的老弱病人，我尽量把工作做好，就像其他人一样。"

辛迪亚在我面前真的咬牙切齿一阵，旋即恢复平静。她这一辈子确实不容易，我想她不时会显露出对命运的抗拒，想要脱离命运的轨迹。

想要改变命运，还是得靠一步一个脚印来实现。下一个脚步是取得高中毕业证。成年后她曾企图补读高中，最终因为数学差八分不及格而功亏一篑。现在，她年过半百，第二次冲刺，希望能克服数学这道拦路虎而拿下高中毕业证。她说其他科目的成绩都没有问题。这个我信，我从她的言谈中知道她的人文水准蛮不错，达到甚至超过高中水平。取得高中毕业证后，她想从事服装设计。我觉得她在穿着方面蛮有审美水准：她戴的一对耳环，见大方；她披的一件披肩，见气派。

"我很佩服你的勇气。你觉得这是现代人对生活应有的态度吗？"

"是的。我是个现代人，别人能做到的，我也能做到。"

"所以你要和别人一样？"

"是，但不完全是。我在内心深处和别人不一样。"

"怎样不一样？"

"我的根不一样，我是印第安人。"

我想，她如果从事服装设计，会在披肩上画个鹰。她说过，在印第安人传统里，鹰是神圣的，但她还不懂得其中奥秘。我想象，披肩被风吹起，鹰在风中飞扬，越飞越高，越飞越远，去遥远的地方为她摄取某种信息。那是远古的祖先特意为她留下的密码，别人无法知晓，只留给她破解。

哈佛导师

一

病毒学家珀希拉·谢甫三十五岁时接到哈佛医学院的聘书，聘她为副教授。

她原在南方的贝勒大学 M 教授手下做博士后，两年后升助理教授，已经当了五年助理教授了。她是从内部直接提升上来的，不如经历了层层淘汰竞争从外面招来的人腰板直。M 教授是个重量级的病毒学家，珀希拉觉得他像山，在他的荫影下只配做个小丘。她不想一直做小丘。芝加哥大学的 R 教授从北方向她伸来橄榄枝。R 教授也是重量级的病毒学家，也像山，会遮住旁边的小丘。她不甘心从一座山旁边挪到另一座山旁边。

哈佛可以给她提供更好的研究环境，让她招到更好的研究生和博士后，而且在她的研究领域没有山压着，她可以放开手脚大干一番。所以，她接受哈佛的聘请，搬到波士顿。

哈佛其实指望她成为山，不成山便不能久留。五年过去了，是检验的时候了，珀希拉晋升教授的事提到了议事日程。

在一般的研究型大学，助理教授如果在四五年后能获得科研资金，发表研究论文，在研究领域站稳脚跟，就可以升到终身职位的副教授，再过几年升教授是顺理成章的事。如果招了副教授，一般一招来就是终身职位的。终身职位算是铁饭碗，也代表身份，对年轻科学家至关重要。

哈佛只给教授终身职位，不给副教授。从助理教授到副教授到教授，大概十年时间。珀希拉从副教授起步，五年后面临评教授的关卡。评上了教授，可以在哈佛留下，评不上得走人。很多科学家因为没有评上教授只好离开哈佛。他们其实大多很优秀，可以轻而易举地在别的大学拿到终身教授的职位，但是哈佛不留人。

要评上哈佛教授，得有十个同行高人写推荐信，承认此人在该领域排名前三。在十名同行科学家中，R 教授名望最高，分量最重。这次，R 教授没有伸出橄榄枝，而是在背后捅了她一刀。他给评选委员会写了一封信，把她贬得一无是处。R 教授为什么这样做？有人后来分析，他认为连自己都不是哈佛教授，作为后辈的珀希拉怎么能当哈佛教授呢？但因 R 教授把话讲得太过头，让评选委员会觉得他离谱，不足采信。其他同行科学家都对她评价很高。珀希拉逃过一劫，当上了哈佛终身教授。

那时，珀希拉是哈佛医学院第六个女教授。偌大的一个哈佛医学院，只有六个女教授，其中有好几个是诺贝尔奖得主的妻子，她则是草根。其他五位女教授跟她没有密切往来。她说："有些问题需要和同一级别的女同事才能交谈，可是抬眼一看，没有一个可以交谈的人。"看来，人越往高处走越孤单啊。那时，她四十岁当上了哈佛教授，有点不适应，仿佛人生的终极目标达到了，不知下半辈子该怎么办。看来，人越成功越彷徨啊。

如果说刚开始她觉得有些孤单和彷徨，后来便逐渐适应了。几年以后，当我到她实验室做博士后时，她讲起当时的感觉，只是一种轻描淡写的回忆。其实，科学界的同行已经把她当成山看待了。我的博士导师就对她敬重有加。当我快拿到博士学位时，他说："你如果

要待在这个领域，应当去珀希拉的实验室。"一封推荐信把我送到
她那儿。

二

珀希拉拥有典型北欧女性之美，五官典雅大方，皮肤白皙，双眼
皮下一双大眼睛。她看人时眼睛闪着柔光，谈话时唇角微翘，双唇轻
启，很自然地流露出一种知性美。她举止优雅，刚柔相济，恰到好
处。当然，作为病毒学领域的领军人物，她有种叱咤风云的气场，不
怒自威。这是我的第一眼印象。

我和她见面的第一天就选定了课题。我沿着既定的方向做研究，
做得比较顺利，和她一起发表了好几篇研究论文。有时候我会跳出既
定的范围，探索新方向。其中有一篇论文算是意外的收获。

人们一般把病毒看成凶狠的攻击者，把人体细胞看成无助的受害
者，一旦受感染便被摧毁。病毒学家的任务是了解病毒如何杀死细
胞，期望在了解后研究出药物，阻断病毒对细胞的残杀。从这个意义
上讲，研究者充当了路见不平拔刀相助的大侠。世界上绝大多数病毒
学家，包括珀希拉在内，都是沿着这个思路做研究，并且做出了很好
的成果。

我的想法有些不同，我想看看细胞是不是有抵抗能力。我把细胞
做了某种处理后，在不同的时间用病毒感染，想看看不同时间感染的
病毒生长能力是否一样。为此，每四个小时得做一次感染，每次花一
个小时。因为半夜后还要起来做感染，我不回家，就睡在珀希拉办
公室的地毯上。早上她进入办公室，看见地上躺着个大汉，吓了一
大跳。

这项研究算是计划外的尝试，事先并没有告诉她。结果证实了我

的猜想，病毒在不同的时间有不同的生长能力，也就是说，细胞在不同的时间对病毒有不同的耐受能力，或抵抗能力。她对这个结果非常兴奋，比我还兴奋，因为其他人从来没有往这方面思考。十几年后，我早就转到其他领域，她还继续这方面的研究。后来我逐渐明白，这个课题虽是我发起的，主要是我完成的，但是她看得更深更远。明白了这层道理后，我看问题时便尽量往深处远处看。从某种意义上讲，导师的影响得在多年以后才体现出来。

她说，这个研究结果和以往不一样，研究论文的开头要加以突出。我写了一篇论文稿子，打印出来交给她，然后走到电梯里，准备下楼。她从后面跟过来，指着第一段说："这是什么玩意儿？我不懂。"

原来，研究论文有固定的格式，一般分成四大部分：引言、材料和方法、结果、讨论。引言论述为什么要做这项研究，开头通常点明研究现状，每一句话后面都要引一篇至数篇文献，以示这些话不是主观猜想，而是客观事实。我为了写得不一样，在第一段发了一通议论，没有引任何文献。现在回想起来，这之前之后我看过的研究论文似乎都没有这样开头的。难怪她一看就觉得不对头。

看到我要下楼，她不等我回答，加了一句："你不用管了，我把这一段删掉重写。"

她平常改动我的稿子，我没有异议。她带过的研究生和博士后都知道她有一支令人生畏的红笔。她一边看一边改，任何稿子经过她的手后，每页都被涂得红彤彤一大片。有位英国来的博士后师兄，自恃英国英语高人一等，每当看到自己的稿子被改得满目疮痍时便愤愤然。我的母语不是英语，自然没有这种底气和她计较。不过这一次，她要把我苦思冥想写出来的一整段砍掉，我不能啥事都不做，引颈就戮。

我赶紧踏出电梯，跟她到办公室。我说："每次你交给我的文件，我总是从头到尾看两遍才开始改动。我只要求你把我的稿子整篇看一遍，看后如果觉得应该删再删。行吗？"她默然，没表示反对。结果，她没改动那一段。这篇论文寄给一家病毒学杂志，经同行评议，专业编辑审查，他们对那一段偏离正规格式的文字也无异议，准予发表。

这次也许是我和她之间最严肃的对话了。从此以后，她对我的写作常加以肯定。我知道她不是客气，因为她拿我和在美国土生土长的师兄弟做比较。她知道怎样发现人的长处，对我的研究也常加以肯定，营造一种舒适的研究环境。科学研究竞争性很强，研究人员得与外面的同行竞争，稍微做得慢一些，做出来的结果便不再是原创、不再是成果。哈佛是个竞争性很强的地方，在不少实验室里，与外部的竞争投射到内部来，致使同事之间、导师与博士后、研究生之间关系也很紧张。很幸运，珀希拉的实验室不是这样。多年以后，当我到公司工作后尝到内部竞争的滋味时，倍加怀念当时与珀希拉同心协力的时光。她给我自信，我有种知遇之感。

三

我做完博士后，离开波士顿到纽约一家生物技术公司做新药研究。刚开始研究病毒，后来研究糖尿病、肾病、肝病等，渐行渐远，与珀希拉的交集变得很少了。十五年后，我接到 Z 君和 Y 君邀请，到 Y 君家给珀希拉开送别晚会。Z 君和 Y 君分别是她以前的博士生和博士后，和我同时在她的实验室，因而成为朋友。

我从纽约开车四五个小时到达波士顿 Y 君家里时，以前同一实验室的博士后、研究生、技术员都到了。珀希拉也到了，坐在椅子上。那是自助餐式的聚会，大家随意走动交谈，只有她自始至终坐在主厅的椅子上，没有走动过。她患了帕金森氏症，已经无法胜任哈佛教授的工作，准备搬到亚利桑那州图森市。亚利桑那大学愿意聘她当教授，而她早有到那里退休的准备，并早在那里买了一栋房子。

我给她挑了一盘菜，坐在她旁边陪她用餐说话，第一次近距离和一个帕金森氏症患者相处了好几个小时。她还是思维敏锐，对科学研究的兴趣丝毫未减。只是，她用叉子挑食物时动作很慢，咀嚼食物时很小心，说话时声音很轻。那些动作使她显得越发优雅，当年叱咤风云的风范却是不见了。病魔正慢慢地吞噬她的神经元，侵蚀她的肌肉，不可阻止，不可逆转。

后来我知道，她的朋友玛德兰几天后开车八千里路，横跨美国，把她和她养的两条狗从东北部的波士顿送到西南部的图森。

玛德兰的年龄比珀希拉稍小几岁，生长于芝加哥，嫁到波士顿来。珀希拉在当上哈佛教授的时候把她招去当行政助理。玛德兰觉得自己是个蠢笨、迷茫的人（迷茫可能，蠢笨不是），对人生的走向懵懵懂懂，而且正和丈夫闹离婚，要卖掉共同拥有的房子，买个个人用的小公寓，搞得焦头烂额。珀希拉在大方向上为她指路，在具体的事情上亲自动手帮忙，帮她渡过难关，使她走上生活的正轨。如果说珀希拉是我的科研导师，那么她是玛德兰的人生导师。

玛德兰则为珀希拉的生活增添了许多色彩和乐趣。珀希拉没有结婚，没有子女，自己住在波士顿西边郊区的一栋房子里，养着两条狗。只有玛德兰知道珀希拉在个人生活中很孤单。这个随心率性的"野丫头"带着珀希拉走街串巷，飙车，看电影，逛商场。玛德兰还常常口无遮拦乱说，引得珀希拉也禁不住学了些教授不宜的粗话。她们互相搞恶作剧，把塑料做的虫子放进对方的饭盒里，不亦乐乎。两人一拍即合，玛德兰成为珀希拉的生活伙伴。

亚利桑那大学诚心诚意要请珀希拉去当系主任，说服她动心答应了。她们两人准备一起搬到图森。玛德兰做好搬家的一切准备，珀希拉也在那里再买了房子。可是珀希拉反悔了,她担心离开哈佛后科研会受到影响。科研从来是她的第一优先,生活其次。

在我到珀希拉实验室前不久,玛德兰一个人搬到图森,后来因为工作原因搬到属于马里兰州的华盛顿市郊区,她们有二十年没在同一个地方。这二十年中,珀希拉常利用假期去看望玛德兰,和她一起出游度假。珀希拉在拒绝了许多大学的聘请后,还是到与哈佛同属常青藤盟校的宾州大学当了四年系主任,然后回到哈佛继续当教授。她在六十出头时被诊断患了帕金森氏症,坚持以智力掩盖体力上的不支,强撑了三四年,最后不得不从哈佛退出。

玛德兰把珀希拉在图森安顿下来后,回到马里兰工作。可是,珀希拉已经无法独立生活了。有一次她洗澡时摔倒,无法站起来。玛德兰打了二十四小时电话没人接,只好通知当地警察,警察破门而入,把她送进医院。玛德兰毅然把薪金优渥的工作辞掉,把房子挂牌出售,搬到图森。她在马里兰的房子还没有卖掉,还得挣钱供房,便一边工作一边照顾珀希拉。

珀希拉虽然体力虚弱不听使唤,脑子却依然活跃。她一边指导研究,一边建房子,参与设计,雇人施工,监督进程。新房子建成后,她搬进去只住了一个晚上,第二天早上因为叫不醒便被送进医院。她血压下降,血氧降低,肺部感染,大脑出血,意识消失,呼吸越来越困难,最后停止了。

那时她六十八岁。一个闻名世界的病毒学家,穷尽一生想要找到治疗一种疾病的方法,却被另一种疾病过早地夺去了生命。

四

虽然我知道病魔正在吞噬着珀希拉,但是当她去世的消息传来时，还是受到极大的震动。毕竟，我们两年前告别时，她是个活生生的人啊！六十八岁是哈佛教授的盛年。当年我们隔壁实验室的 P 教授一直做到八九十岁，而她这么早就走了。从那以后，我不时想着一个问题：她给世界留下了什么？

也许，陪珀希拉度过最后时光的玛德兰能给我提供一些答案。珀希拉生命中有一个如此特殊的朋友，我们都不知道。因为讣告中提到了她，身份是朋友和护理者，我们才知道她一定是和珀希拉关系非同寻常的人。在珀希拉逝世将近十年时，我查到了她的电话号码，和她通了话。

我们谈了大半个晚上。玛德兰向我叙述了她和珀希拉的交往过程，和珀希拉生命中最后两年的经历。珀希拉是个在事业上和生活上都非常独立的单身女性，为自己治病不在她优先考虑之内。她为此付出了不少代价，玛德兰也为此付出了几乎全部的精力和体力。珀希拉这样独立的女性，能赢得另一个人无怨无悔为她做出了极大的牺牲——这是个催人泪下的动人故事，需要另一篇文章才能讲清楚——也算是一种莫大的成就。玛德兰告诉我，她现在住在珀希拉给她留下的旧房子里。那栋新房子也留给了她，只是她对新房子并没有好感。她在那儿比珀希拉多住了一个晚上，还是搬回旧房子。那段艰难岁月已淡忘了许多，只有思念不断。我打电话的那天，她正想念着珀希拉，很高兴听说我也在想着珀希拉。

我们还谈到了珀希拉最后几年的研究重点。玛德兰虽然不做研究，还是知道珀希拉正研究用谷氨酰胺预防疱疹病毒复发。她叹了口气说，这项研究现在大概没人继续了。我告诉她，还有人在做，不久前发表了一篇研究论文，专门把论文献给珀希拉。

记得在波士顿的送别晚会上，珀希拉很兴奋地告诉我，谷氨酰胺可以预防疱疹病毒复发。谷氨酰胺是一种普通的氨基酸，是人体蛋白的构成成分，人体可以合成，食品中的含量也不少，只是在压力、焦虑、受伤的情况下才需要额外补充。疱疹病毒一辈子潜伏在人体的神经细胞里，无法根除，人在压力、焦虑、受伤的情况下常常会复发。她告诉我，很多经常复发的朋友听从她的建议，定期服用谷氨酰胺，竟然不再复发。谷氨酰胺很便宜，不需要处方很容易买到。这项成果如果能推广，很多人将受益。她还告诉我，国家卫生研究所的研究人员对此很感兴趣，表示要继续做试验。

她对我说："这一切要归功于你。"这句话把我说得一头雾水，因为我脱离这个领域已经十几年，从没有想过谷氨酰胺。

原来，她对我那项计划外的研究真的非常重视，一直在继续研究。我的研究表明，细胞并不是一味受病毒屠宰，而是在某种情况下比较虚弱，在另外的情况下比较坚强，具有某种抵抗能力。那么可以问，这种能力在什么情况下增强，在什么情况下削弱？我当时发现从细胞培养液里除去一种氨基酸异亮氨酸后，细胞更容易受感染。她和后来的研究人员把研究扩大到二十种氨基酸，发现经过去除谷氨酰胺处理的细胞最容易受感染，因而推断，给机体补充谷氨酰胺有利于抵抗病毒复发。

为此，珀希拉获得了一个专利——我查看了那项专利，确实引用了我当时的数据。她除了告诉朋友熟人服用谷氨酰胺外，还把想法告诉国家卫生研究所的 C 研究员，C 研究员很感兴趣。

去年，C 研究员和他的团队发表了一篇研究论文，结论是，给小鼠服用谷氨酰胺能防止疱疹病毒复发。论文后面的致谢栏中说："谨以这篇论文纪念珀希拉·谢甫，是她启发了这项研究。"我读过无数研究论文，不记得除这篇以外有哪篇论文是专门献给一个人的。我把论文传给了玛德兰，她觉得很欣慰。二十几年前起了一个偶然的念头，到现在还有人沿着这个思路做研究，我也觉得欣慰。

　　珀希拉给世界留下了宝贵的财富。她生前把自己建造的突变病毒毫无保留地送给其他科学家做研究，大半个疱疹病毒领域都受益无穷。我的一位师兄，哈佛医学院的 C 教授，认为她是杰出的病毒学家，她的研究方法对病毒界产生深远的影响。她培养了几十个博士和博士后，对他们的前途有过不可估量的影响。华盛顿大学的 L 教授，就是那位对她的红笔不服气的师兄，认为自己是站在巨人的肩膀上，珀希拉是他的巨人。她去世时，哈佛医学院为她降半旗。国际疱疹病毒大会每年以她的名义为年轻的科学家发奖。

　　我告诉玛德兰，只要人们记得珀希拉，她就还活着。人们确实记得她，我们都记得她。

　　玛德兰想得更远。她告诉我，她相信有来生，她会在天堂和珀希拉相会。

无声的呼喊

在公司的一次聚会上，我聊起小时候大陆与金门互打宣传炮的情景。当我讲到尖叫的炮声传来时那种令人提心吊胆的感觉时，坐在身边的伊扎克·戈德伯格博士深有同感地说："我知道那是什么滋味。"戈德伯格博士是公司的首席执行官。他公私极为分明，平时只讲公司的事，从不涉及他自己的家庭私事。当他说对炮声的感觉时，我觉得他只是在无意中回想起童年时战火纷飞的以色列，没有指望他会进一步披露任何细节。也许是因为对炮声的共同回忆让他有所触动吧，他出乎意料地讲出了一段家族的故事。这段故事扑朔迷离，凭借一块五十多年前的金表和一张七十多年前的照片作为线索，将一段不堪回首的人类历史重现出来。

伊扎克出生于以色列海法市，时间大概在 1948 年，以色列建国后不久。他父母于第二次世界大战结束不久后从欧洲移居以色列，身无分文，只能和另一家庭合住一个位于贫民区的单卧室小公寓，食物由政府配给。后来家庭经济逐渐改善，但他父亲依然勤俭持家，从不乱花钱。不过，1961 年他十三岁时，父亲破例花大钱买了一块金表，并骄傲地对伊扎克说："我百岁以后，这块表就留给你。"显然，金表要成为他们家唯一的传家宝了。

1995 年，父亲去世，伊扎克从美国回以色列奔丧时，母亲把那块金表交给了他。金表放在购买时带来的表盒里，说明书也在里边。

他在翻动说明书时，发现了一张照片，上面有两个年轻漂亮的女人。这张照片令他无比惊讶，也无比迷惑。他拿去问母亲，母亲也大吃一惊，但是她说不出那两个女人是谁，或者是不愿说。问了其他人，也没有人知道她们是谁。他觉得照片是父亲特意留给他的，其意义非同小可。只是出于对母亲的尊敬，他把照片收藏起来，到2008年母亲去世前都不再追问。

据伊扎克回忆，父亲阿耶于1909年诞生在一个富裕的犹太家庭，在波兰东南部的克拉希尼克镇长大。该镇当时犹太人口众多，有五千人，占其总人口的一半。1939年纳粹德国入侵波兰，犹太人的厄运从此开始。阿耶被抓进劳动营，为德军建造飞机做苦力。许多犹太人在劳动营中因为超负荷、超强度的工作量而累死。阿耶声称自己是木匠，属于有技术有价值的劳力，因而得以生存几年。1944年劳动营关闭，他和其他犹太劳工被赶往迈丹尼克灭绝营。灭绝营是"二战"期间纳粹德国集体屠杀人的地方，被带到这里的人大多不会活过二十四小时。在行走途中一个拐弯的地方，他跳进沟里，躲过一劫。其后与波兰抵抗运动的人员一起在森林中躲了数月，直到战争结束。战后，他回到家乡克拉希尼克寻找亲人。家乡的亲人无一幸存。他的祖父母、父母、七个兄弟姐妹，都被杀害了。只有一个哥哥和一个妹妹在战前迁到了巴勒斯坦，还活在世上。看着空荡荡的家乡，战前的五千犹太人所剩无几，他只能离开，前往德国。1947年，在德国的难民营里，阿耶与伊扎克的母亲结婚。婚后不久，他们迁往刚成立的以色列国，并生下一男一女。阿耶先是当兵，后来自己做批发生意，生活慢慢纳入正轨。

在伊扎克眼里，阿耶很爱妻子和孩子；他非常勤劳，每天早上两点半就起床，走到海港旁边的批发市场做事。他的特点是沉默寡言，对大屠杀的事更是绝口不提。尽管如此，有几件事给年幼的伊扎克留下了很深刻的印象。有一次，阿耶在发高烧神志不清时，唱出了犹太诗人戈比尔的诗句："起火了，兄弟们，起火了！我们的小镇在燃烧啊……"这是诗人为纪念发生于 1936 年波兰农民反犹太暴动而作的诗。此外，他很喜欢对儿子讲述他在黑夜里冒着炮火建桥的事。那座桥对他来说，不单是跨越了一条河，而是连接起了难以忘却的过去和充满希望的现在。还有，他退休后重新操起木匠活，用橄榄树木雕刻鸟。他为什么喜欢雕刻鸟呢？因为鸟有翅膀！阿耶有他的表达方式，用以传达某种意味。

当然，还有这张照片！伊扎克强烈觉得他手里握着的照片非常神圣。

母亲去世后，伊扎克对照片中的人物重新探索起来。他把询问的范围扩大到一些远房亲戚中的幸存者，但他们对照片也是一无所知。这时，正好位于耶路撒冷的亚德瓦伸纪念馆（犹太人大屠杀纪念馆）的关于幸存者和受害者的资料在网上开放，他决定进去看看。他找到父亲亲笔填写的一张受害者卡片，还有另一个人填写的这个受害者资料。这个受害者的名字叫作卡雅·侯兹伯格·戈德伯格，女性，已婚，原居波兰克拉希尼克镇。这些资料含有非常丰富的信息。根据西方传统，前面的卡雅是名，最后的戈德伯格是夫姓。中间的侯兹伯格也是个姓，以伯格结尾的应当是犹太姓。所以，这位已婚女性的居住地是伊扎克父亲的家乡，嫁入戈德伯格家，娘家姓为侯兹伯格。伊扎克的表叔就姓侯兹伯格，现居纽约市，他们几十年前见过面。伊扎克决定向他询问一下。

伊扎克带着全家人，包括太太、儿女、孙辈，来拜访久未见面的表叔杰克·侯兹伯格。这当然不是寻常的亲戚往来，而是激动人心的会面。杰克指着照片中右边那位女子，老泪纵横："她是我姐姐！"原来，杰克的姐姐卡雅是阿耶的表妹和第一任妻子，"二战"中被德军杀害于灭绝营，她和阿耶生的两个女儿也死于非命。

阿耶为什么不愿意亲口透露这段往事呢？也许他觉得不该破坏第二任妻子心中的安宁，也许他不愿意给逐渐恢复正常的生活涂上暗淡的色彩，也许他经历的劫难太过巨大，以至轻轻提及便会在他从未愈合的心灵上划下无法承受的创伤。虽然他在生前不肯透露这段往事，但也不愿让它永远消失。于是，他以一种很特殊的方式，沉默的方式，在他去世十七年后，向后代揭示。

有位犹太祭司曾经说过，最响的呼喊，响得能穿透天堂大门的呼喊，响得能让上帝听见的呼喊，是沉默。

我无法知道阿耶的沉默是不是响彻天堂，但在人间，它是巨响。我被巨响震撼得久久不能言语。

稍稍缓过神来以后，我像伊扎克一样打开亚德瓦伸纪念馆的网站。这一次上网和以往上网时随意敲打键盘的轻闲心情不同，我满脸肃穆凝重，屏住气息，每一键都不敢敲得太重。我输进受害人的名字：卡雅·侯兹伯格·戈德伯格，从数字库里调出一组关于她的信息：生于 1920 年，死于 1942 年，死于波兰迈丹尼克。迈丹尼克这个让人恐怖的地名，这个纳粹德国在第二次世界大战中建立的灭绝营，离克拉希尼克镇不远。从它在 1941 年 10 月 1 日建立到 1944 年 7 月 22 日被苏联红军解放将近三年中，约有七万九千人在此地遇难，其中有五万九千波兰犹太人。阿耶在被押往迈丹尼克灭绝营的途中逃跑，捡回了一条命。其他人则没有那么幸运，包括他的妻子卡雅和孩子。

我看过阿耶留下来的照片后，卡雅的身影一直浮现在我的眼前，挥之不去。一个年仅二十二岁、风华正茂的女性，一个美丽的女性，被强行送进毒气室，转眼便结束了生命。她的罪过仅仅是她生来是个犹太人！她原本有个好丈夫，有两个女儿，有个美好的家庭。最小的女儿刚出生不久，就被抱着躲藏起来。孩子太小，张嘴就哭，不懂得纳粹士兵就在附近搜查。慌乱中她的小嘴被堵住，呼吸道也被意外堵住，因窒息而夭折。她太小，还没来得及到教堂去取个名字，就离开了这个世界！失去了女儿的母亲没有机会痛哭一顿，把女儿草草埋葬以后，继续逃避躲藏。她终于没有逃出纳粹的魔掌，被抓进了迈丹尼克灭绝营，被送进了毒气室。她七岁的大女儿卡娃也被送进了灭绝营，送进了毒气室。三个生命，就这样消失得无影无踪。

戈德伯格是个常见的犹太姓。我忍不住想知道是不是还有其他姓戈德伯格的犹太人也被害。于是，我向受害者数字库输进一个姓：戈德伯格。结果让我大吃一惊，数字库显示出二十页，每页列五十个姓戈德伯格的人名。每个人都有出生和死亡的时间地点，还有简单的家庭情况。也就是说，这个数字库里记录的一千个姓戈德伯格的人，都在大屠杀中被杀害了。这个发现使我忍不住想知道这个网站到底存有多少受害者的名字。一查发现，一千个人，相比纪念馆的网站所有受害者的总数，又显得太少了。在这个纪念馆的网站上，有名有姓的受害者加起来共有四百万人！还有两百万"二战"中被屠杀的犹太人，至今没有搜集到任何关于他们的信息。六百万人被屠杀，这个数占当时欧洲犹太人总数的三分之二。简单的数字告诉世人，这个民族承受了何等的劫难！

犹太民族是个历史悠久的民族，对世界宗教文化影响深远。犹太民族又是个历经劫难的民族，长期没有自己的国家，散落于欧洲各国，被驱逐、迫害、屠杀。最近的一次是在"二战"时期，由于纳粹德国及其同盟国几乎占领了整个欧洲，灭绝犹太民族的计划得以在大范围内实施，使这个民族遭受前所未有的摧毁性打击。

能延续到现在的古民族都有许多苦难的历史，中华民族也不能例外，这是不幸。但是，能延续下来的古民族比其他民族幸运，因为历史上许多民族都消失了。能延续到现在，必有极其强大的内聚力。犹太民族的内聚力，在经历了"二战"摧毁性打击后，变得更加顽强。亚德瓦伸纪念馆以坚韧不拔的民族意志，收集了四百万份受害者的资料，便是一例。

如果说亚德瓦伸纪念馆代表集体意志，那么，每个家庭和家族则有它自己的凝聚力。戈德伯格家族的凝聚力从名字上就能体现出来。戈德伯格家族以受害的祖先的名字为后代取名。伊扎克取名于在"二战"中受害的祖父，伊扎克的妹妹取名于在"二战"中受害的外曾祖母。最近，伊扎克的女儿为刚出生不久的女儿取名为卡雅，为的是纪念这位受害的曾祖母辈人物。仅三个名字，就把一个家族前后七代人联结在一起。卡雅在希伯来语中意为生命。生命以顽强的方式一代一代地延续下去。

伊扎克给表叔杰克打了个电话，告诉他女儿给外孙女取名卡雅的事。电话的另一端传来了老人的抽泣声。

她的世界，我的情结

很久以前的冬日，突然来临的早寒把船冻结在海面上，迫使水手弃船踏冰上岸来。水手来到山坡上，敲开了一栋小房子的门，给他开门的是位待字闺中的女子。那一刻，她有种久囚孤堡的公主终于等来了王子的感觉，他则有种漂泊已久的游子终于回到家园的感觉。总之，两人就此结为夫妇，在此生儿育女。老天看似作恶，其实作美，撮成一段姻缘。

这故事不是童话，是真事，时间是 1892 年，地点是美国东北部缅因州的库星村。水手来自瑞典，名叫约翰·奥森；女子名叫凯蒂·哈松。由于哈松家就剩下这么个女儿，那栋小房子的名字也从此由哈松屋改叫奥森屋。从这段故事看来，奥森屋从一开始就似乎具备某种吸引人的魔力了。

奥森屋也有吸引我的魔力，不为这段罗曼蒂克的故事，也不为它被美国政府戴上国家历史地标的桂冠。2011 年 8 月，我去探访奥森屋，是因为受郁结于心中多年的情结所驱使。这情结因为他们的女儿克莉丝蒂娜而形成，她是美国经典名画《克莉丝蒂娜的世界》的主角。克莉丝蒂娜的世界多年以来一直在远方默默地向我召唤。

克莉丝蒂娜在她父母相遇的第二年出生于这栋海边山坡上的小房子。她从小患了某种不知名的神经肌肉退化疾病。从三岁开始，她走路步伐就不正常，维持身体平衡有困难。她迈着磕绊的脚步，每天走一英里半去上学。她以优秀成绩上完八年级后，放弃学业和当老师的梦想，于十三岁开始代替体弱多病的母亲操持家务。

十九岁时，她遇到了生命中第一个重要的人，与来缅因度假的一个哈佛学生谈恋爱。她暑假和他在一起，冬天则书信来往，度过了生命中最美好的五年。这段恋情最后无疾而终，小伙子另娶他人。她可以是哈佛学子的精神伙伴，但无法成为他的生活伙伴。

二十六岁时，她的残疾已很严重了，走三步就要摔一跤。后来实在走不动了，她就趴在地上，匍匐代步。她的姿态越走越低，但她的性格变得越来越倔强。她拒绝被称为残疾者，拒绝使用轮椅，拒绝到外地就医，拒绝离开家到疗养院生活，一生在这里度过。受活动范围的限制，她的物质世界相当窄小；但她因特有的行动方式而和土地贴近、对家园很亲近，这是平常人难以体验的。

虽然克莉丝蒂娜顽强地与命运抗争，但在那个时代，在偏远的缅因海边，如果按照这样的生命轨道运行，她很快会被人遗忘的。她终于没被遗忘，因为在她四十六岁那年（1939）的夏天，她遇到了生命中第二个重要的人。多年的邻居、朋友，十七岁的姑娘贝琪带着自己喜爱的二十二岁小伙子安德鲁·怀斯来见她，让她帮忙把把关。克莉丝蒂娜与怀斯一见面便心生好感，自然促成了这段姻缘。贝琪十个月后如愿成为怀斯太太，克莉丝蒂娜和怀斯的友谊则延续了将近三十年，直到她死去。怀斯的到来虽然没有改变克莉丝蒂娜的生活和命运，却把她从默默无闻的病残人变成一个在美国家喻户晓的人物。

克莉丝蒂娜把大门敞开，任怀斯随意进出。怀斯也毫不客气地把楼上的房间当成画室，他画房子，画周围的山坡海水草木，在这儿创造出三百幅画作。经过几年的相处，他对克莉丝蒂娜的一举一动了如指掌，于是投入全部的精力和情感，花了几个月的时间，于1948年创作了《克莉丝蒂娜的世界》。

　　画中，在坡下草地上爬行的克莉丝蒂娜停了下来，用双手撑起上身，抬头远望。她背对着观众，看望的方向是远处（画的上方）的小房子，是她的家奥森屋。她在看什么、在找什么呢？人们都想知道。克莉丝蒂娜的世界包括物质世界和内心世界。她的物质世界是她始终不愿放弃的小房子和不肯离开的草地，这个大家都看得见。她的内心世界呢？也许当她抬头望家的时候，眼神里已透露出几分。可是，人们只能看着她的后背，作出无穷无尽的猜测。

　　有人从画中猜测到克莉丝蒂娜的决心、勇气、尊严。可我总觉得克莉丝蒂娜的内心世界不止这些。画家特意让我们只看她的背影，而不是她的脸部表情，是让我们去感受那些脸部无法完全透露出来的内心世界。克莉丝蒂娜为什么要那么全神贯注地看自己的房子？世上所有的事物中，自己生活了几十年的房子应当是最熟悉的吧？熟悉的东西是不会引起注意的。那么专注地看，可能心中正产生出一份生疏感，生疏感或许因为距离而产生。克莉丝蒂娜毕竟不能像常人那样几步就走到家。对常人来说短短的距离，对她来说可能就有些遥远了。生疏感或许因探求安全和寻找希望而产生。熟悉与生疏搅和在一起，她显然处于矛盾中。这是我所感受到的克莉丝蒂娜在那一瞬间的内心世界。

　　为了进一步探索克莉丝蒂娜的内心世界，我从奥森屋里走出来，寻找画中的山坡和克莉丝蒂娜所处的位置。画中的她在坡下往上看，那我就沿着山坡往下找。走到海边找到最吻合画中的位置，竟是一片小墓园，是哈松家族和奥森家族的墓园。画中的克莉丝蒂娜和画外的家族墓园，只是几步之隔。她应当是来看望自己的父母先人后往回爬行了。如果把这次探墓的经历加入画中，那么画中克莉丝蒂娜的矛盾还多了一段对生和死的体验。

　　她处处给人以坚强的印象。我却认为，她是个矛盾体，她的内心深处有脆弱的一面。心理学上有一种心理防卫机制，称为否认，指的是人有意无意地否认疾病、损失、死亡、灾难的存在，从而避免精神上的痛苦和不适。克莉丝蒂娜对自己的残疾一直否认，否认得理直气壮，否认得毫不做作，说她是假装要强会令人难以相信。根据弗洛伊德的潜意识理论，被否认的意识在某种条件下会显现出来。当她从熟悉中看到生疏，从安全中看到不可靠，从生命中看到死亡时，她对自己的信心可能正在动摇。不过，我相信这只是瞬间的动摇。当她对着房子凝视片刻，便能找回熟悉和安全的感觉；当她压一压身下的草地，也能找回坚实的感觉。正是：不弃老家园，偶尔端详，仿佛咫尺天涯外；渐黄芳草地，重新贴近，依旧呼吸脉动中。

克莉丝蒂娜对奥森屋有种很特殊的情结，怀斯也如此。这与他和克莉丝蒂娜的友谊分不开。当贝琪第一次把他带到奥森屋时，是有意试探他是否愿意进去。这栋房子的主人有残疾，打扫得不如一般人家干净，特别是在夏天，更有一股异味。但他毫不介意地进去了，从此不愿离开。用他自己的话说，他总是不由自主地被这房子拉回去。他随意进出房子，像个朋友或家人。作为有名的画家，他有能力从金钱和物质上支持克莉丝蒂娜。但他没那样做，因为他知道克莉丝蒂娜从不期望，也不会接受。他只是帮着做些像劈柴、提水这样的力气活。这种关系如果从朋友的角度讲，就叫作君子之交淡如水吧；如果不从朋友的角度讲，便是家人之间的随和了。

怀斯才华横溢，二十岁时就已锋芒毕露。当时，他在纽约举办了个人水彩画展，所有的画作被人全部买光。好日子好像就在等着他。可是他的内心世界也是受过折磨的。除了多病外，他生来由于臀部的错位，走路时两脚往外岔开。这个生理缺陷使他和克莉丝蒂娜之间有种心理默契。1945 年，他二十八岁时，从小培养他的知名画家父亲开车时由于车被卡在铁轨缝里而被火车撞死。这场意外的悲剧对他的艺术创作产生了重大和深远的影响，改变了他的绘画风格。他的画作从此定型，变得格外忧郁孤寂。三年后创作的《克莉丝蒂娜的世界》便是其代表。

为了创造《克莉丝蒂娜的世界》，他把她的物质世界作了一些改造。画中人物的身躯以他太太贝琪为模型，手臂则以克莉丝蒂娜为模型。贝琪当时二十六岁，克莉丝蒂娜五十五岁。把年轻美好的身躯和畸形的手臂集于一个艺术形象，反差非常突出。山坡草地的颜色变得灰暗，平添几分苍凉。房子被拉到最上方，显得很小，而天空压得很低，从而营造了一种遥远生疏的氛围。这个克莉丝蒂娜的世界，是怀斯创造出来的世界。我从这样的色调里看到了生疏感，应当不是凭空臆想吧？

这幅画是在他和克莉丝蒂娜相处八年和对她仔细观察的基础上，花了几个月的时间创作出来的。他竭尽心力，最后再也画不下去了，只好扔下画笔，指着画轻叹一声"撒了气的轮胎"。当时他对这幅画很不满意，说它像是撒了气的轮胎，不饱满，没底气。这是多么糟糕的评价！难道画家比平常人更挑剔，看到了别人看不到的缺陷吗？如果是这样，那么他的其他几百幅画作在他眼里都很糟糕吗？

为了解开这个疑难，我设想他当时的精神状态。他在创作时把全部精力和情感都投入到作品中，自己进入角色，与创作的对象融为一体。当他画到不能再画下去的时候，已经精疲力竭，元气都已被抽走，注入画中。说句不尊敬的话，倒是他自己成了撒了气的轮胎了。由于他和创作的对象已经融为一体，莫分客主，于是潜意识地把说自己的话套到作品上了。到了这么投入的地步，画得好不好，已经不是他一个人说了算的。画被纽约大都会博物馆购去，一经展出，立即引起轰动。六十多年过去了，人们提起 20 世纪屈指可数的几幅美国名画，总要提到《克莉丝蒂娜的世界》。

　　我为了寻找画中克莉丝蒂娜的位置而走到哈松家族和奥森家族的墓园，对这个发现我不感到意外，但是令我非常吃惊的是，我在那儿看到了一个外姓人的墓，墓碑上刻着"安德鲁·怀斯，1917—2009"。这分明是怀斯的墓，他和克莉丝蒂娜葬在同一墓园！他的墓就在最前排，和奥森屋之间只隔着一片山坡草地。我站在墓边往房子的方向看，看到的是画中的那片山坡草地和坡上的房子。这么说，是墓中的怀斯一直在看着画中的那片山坡草地和坡上的房子了。

　　怀斯生前主要在两个地方居住和创作，冬天在家乡宾夕法尼亚柴兹福特镇，夏天在缅因的奥森屋。他生前能随意行动，所以两个地方都不愿放弃。去世后只能长眠于一个地方了。怀斯是在宾夕法尼亚家中去世的，他却选择长眠于偏远的缅因海边，选择永远看着他呕心沥血创造的这个克莉丝蒂娜的世界。这是他的世界。

　　我对奥森屋也有特殊的情结。这情结从我刚看见《克莉丝蒂娜的世界》后便逐渐形成。我到美国后不久就看到这幅画的复印件被挂在许多公共和私人场所的墙上。刚开始我不知道画的对象是谁、作者是谁，甚至不知道它的名称，只觉得这画很特殊，特别是画中女子的背影很吸引人。

　　我来自具有古老文化的国度，来自欣赏诗中有画、画中有诗的国度。不管是诗是画，我们讲究言有尽而意无穷，讲究景外之景、象外之象，讲究意象中饱含情感。画中那女子的背影撩人，让人作出无穷无尽的猜测，不正是我们古老文化中所推崇的意象吗？虽然东西方文化艺术背景很不一样，但我分明从这幅画中体验到与中华艺术的相通之处。也许这就是这幅画从一开始就吸引我的缘故吧。

　　看的次数多了，我便产生了进一步了解它的欲望。我知道了克莉丝蒂娜的身世，知道了怀斯的创作经历。我知道不单单是她的背影吸引了我，更是她的内心世界深深地吸引了我。艺术通过意象在众多的读者和观众的心里产生共鸣。这是艺术的至高境界。《克莉丝蒂娜的世界》在我和几百万观众的心里引起共鸣。我特别喜欢去回味克莉丝蒂娜凝视遥望房子的瞬间和怀斯刚画完画的瞬间，都是很撩动人心的瞬间。克莉丝蒂娜那倔强的性格因在某个瞬间流露出脆弱而更加丰满，怀斯因在某个瞬间对传世的杰作产生怀疑而显示他是怎样全心全意地投入，就像坚硬的石头因夹着瑕疵而变得有趣，平静的水面因被蜻蜓点破产生涟漪而生机盎然。这样的瞬间很难捕捉，从而越发珍贵。

我注定不能像克莉丝蒂娜和怀斯那样永远注视这个属于他们的世界，我得在逗留片刻后回到我生活的世界。不过，我也不甘愿只做匆匆过客。于是，我蹲在怀斯的墓边，请同行的妻子在山坡上仿照克莉丝蒂娜的姿势卧在草地上，为她照了一张照片。这张照片在行家眼里肯定属于班门弄斧，但它实实在在取材于怀斯画中的山坡和房子。我回来后把它给几个朋友看，他们都立即看出与《克莉丝蒂娜的世界》的相似之处。它记载着属于我的独特瞬间。在那瞬间，我进入了克莉丝蒂娜的世界。

马拉松

一

人间四月，晴空万里，严寒已经退去，酷暑还没到来，微微西风从背后悄悄助力。参加波士顿马拉松赛的三万多名运动员分四拨从霍普金顿镇起跑，人潮朝着东方四十多公里外的波士顿涌去。在第四波人潮中，第 29858 号运动员名叫丹尼，五十岁，平生第一次跑马拉松。

波士顿马拉松赛是有名的大赛，取得资格不容易。每个够格参加马拉松赛的人都可以宣称取得了人生的成就。在丹尼的人生中，谈成就有点奢侈，因为他的起点极低。如果说平常人跑步从短距离练到长距离，他则是在地上爬了好久。

爬，不但是象征性的说法，而且是真实发生的事——他小时候在夜里钻狗洞爬进人家。

丹尼于 1966 年出生于波士顿。父母离异后，母亲带着他和哥哥搬到洛杉矶。母亲上夜班，没有时间看孩子，照管丹尼的责任就落在哥哥身上。大他五岁的哥哥连自己都管不好，怎能照管弟弟？哥哥采用最简单的方法，用大麻让弟弟安静睡觉。丹尼八岁时开始吸大麻！哥哥如果夜里要出去混，便把他带上。吸毒需要钱，这帮街头混混便去偷。丹尼年纪小，身子小，被派去钻狗洞，爬进人家，从里边把门打开，好让同伙进去偷窃。

虽然丹尼开始吸大麻不是出于自愿，他却喜欢享用。一个懵懂的少年，忽然发现家庭破裂，仿佛自己就是罪魁祸首，心中无限迷惑、无限痛苦。大麻能解除痛苦，抚慰心灵，让他进入平静的世界，他喜欢。

大麻对身体的直接危害并不如烟大，虽然烟合法而大麻非法。但大麻是通往其他毒品的门径。吸大麻后往往愿意试试其他毒品，也更有机会接触其他毒品。丹尼随哥哥交了不少狐朋狗友，他们吸海洛因，他也就跟着染上海洛因毒瘾。母亲酗酒，工作不稳定，为了生计多次搬家，搬来搬去，从贫民区搬到更穷的贫民区，也是毒品最泛滥的地方。他越陷越深。

哥哥在洛杉矶屡次犯事，再混下去会进监狱，母亲只好带他们回到波士顿。父亲在波士顿开酒吧，生意做得不错，花钱把丹尼送进一家很好的教会高中，扶他上了正路。他决定在高中毕业后参军。他知道参军要体检，便在毕业前停止吸毒，顺利通过体验。

1985年，丹尼进入空军服役，后来转到陆军服役，退役后成为一名波士顿市的警官。参军对他来说是人生的重大转折，军队的生活让他觉得有意义，军队的纪律让他杜绝接触毒品。成为警官更是为他争得社会的尊敬，也赢得了一位女子的青睐，愿意成为他的未婚妻。他逐渐走上正轨，做了个正常人。这是人生的第一个重要里程碑。

丹尼用两小时二十分钟左右跑完约二十公里，一半路程，这是马拉松的一个重要里程碑。此处是卫斯理女子学院，因为宋美龄和冰心就读此校而使其在中国很有名气。女大学生们在路两边排成一里长阵，摇旗呐喊，这是她们历年的传统。她们使劲呼叫，把自己震得脑袋发胀，把别人振得精神抖擞，以这种方式鼓励运动员们。她们还向垂青的帅哥们表示特别鼓励，招手让他们停下来接受献吻。丹尼此时步伐正稳，只是向女大学生们摆摆手，没有停下来，径直向前奔去。

此时，来自肯尼亚的卡如易已经在两小时十分钟内跑到终点，取得冠军。丹尼不是专业运动员，他不和卡如易比速度。他的目标和冠军一样，也是跑到终点。里程碑还不是终点。

二

丹尼用三个半小时左右跑了三十公里。马拉松路程开始转向，由东向折往东北向。此地是牛顿镇，有四个小丘，地势上升，是全程最艰难的地方。他的体力已经消耗不少了，步伐开始放慢。他对这段路程不敢掉以轻心，恐怕栽了跟斗，前功尽弃。

他曾经在最不经意的地方栽过大跟斗。

1999 年，丹尼在波士顿当警官时，因徒步追赶一个抢劫嫌犯，膝盖扭伤，疼痛难忍，医生给他用羟考酮止痛。羟考酮和海洛因一样，属于鸦片类，由医生开处方谨慎服用，以免上瘾。医生不知道，丹尼的大脑深处隐藏着一大片鸦片受体，像伏军一样随时待命。羟考酮药一进来，这些潜伏的受体全面激活，迅速占领他的大脑。他回去向医生要处方，随要随开。警察受人尊敬，没人怀疑他已染上毒瘾。他在戒毒十一年后，又坠入毒窟的深渊，用光鲜的警服掩盖着被黑暗吞噬的灵魂。

处方不能无休止地开下去，丹尼只好到街头买海洛因。他跑到市郊洛尔镇去买，免得被人认出来。洛尔镇的警察不认得他这个同行，例行公事把他抓了。警察买毒品，此事成了全国性丑闻。丹尼丢了工作，丢了未婚妻，丢了房子，最后丢了车。他没了正常收入，只好把车卖掉，才有钱买毒品。车虽不是房子，但可以遮风雨，当床铺。失去了车，他便名副其实无家可归了。

丹尼挑中了查尔斯河和波士顿港交汇处的桥下作为安身之处。桥下潮湿黑暗，涨潮时海水堵塞出口，进出要经过一片泥滩，极不方便。正因为如此，他认为很安全。他失去正常收入后，只能替人跑腿，挣些钱买毒品。这些雇主自然不是正当的主儿，叫他做些他们自己不愿意冒险干的事儿，比如贩毒和收钱。丹尼有了经手钱和毒品的机会，有时截留一些自用，因而得罪了人，怕被暗算。他在低潮时进入桥下，高潮时躺在里边睡觉，躲避袭击。

丹尼在桥下蜗居四年，直到 2004 年，民主党全国大会在波士顿召开前夕。全国一半的政要云集，非同儿戏。市政府不敢怠慢，以比接待总统更高的规格清扫街面，旮旯角落都不放过，专挑无家可归的人集中起来管理。丹尼得到风声，溜出老窝，跨过查尔斯河，逃到北边的剑桥。

剑桥的熟人给他一些海洛因，邀请他到旅店里和一帮毒友一起腾云驾雾、翻天覆地。这一次，毒性来得格外猛烈，浑身烧灼。毒友们怕他死了麻烦，把他扔到门外路边。幸亏他被扔出来，才被人发现送医院急救。医生用纳洛酮解毒。纳洛酮分子跳进脑子里，冲向毒药分子，将它们一个个从受体上剥离。这一场混战把大脑当战场，整个机体如过火狱，烧得死去活来。解毒完了，他等于死过一回。医院将他放出来，不知道他口袋里还有一份同样的毒品。两天以后，他服用这份毒品，再次生命垂危，还是被送到同一家医院，经受同样火狱般折磨。

这种毒品除了海洛因外还含有芬太尼。芬太尼也是鸦片类毒品，只是毒性更强，更容易上瘾。毒贩为了让人更容易上瘾，在海洛因里加了些芬太尼。丹尼猝不及防，差点丧命。

丹尼面对不同以往的挑战，也是决定生死的挑战。他如果无法战胜毒品，只有死路一条了。他怀着对死亡的极度恐怖，踏进戒毒中心。他没有回头路。

丹尼在牛顿镇跨过三个小丘，前面是伤心小丘，坡度最陡。当年，马拉松运动员泰山·布朗一路领先，但是在此处气力不支，被上届冠军约翰尼·凯利超过。凯利在超过布朗时在他肩上轻轻拍了一下，以示鼓励。布朗受此激励，精神一抖，急起直追，终于取得冠军。后人觉得凯利那一巴掌拍得冤枉，便把这个地方叫作伤心小丘。不过，从布朗的角度看，可以把它叫作鼓气小丘。

是伤心还是鼓气？丹尼不去纠缠这个问题，他只知道此处没有回头路。

三

马拉松跨越八个市镇，最后一站是波士顿。丹尼已经跑了五个多小时、四十公里，他步伐更慢了，但仍稳健。他稳步跑进市区，路边越来越多观众在为他挥手鼓劲，他觉得越来越深入人群里了。人，让他觉得很亲切。人，以往只是生活中无关痛痒的过客，现在是他生命中最有意义的一部分。

丹尼戒毒后，余悸犹在。毕竟，他以前也戒过毒，但是不能保证不再陷进去。他开始回顾这一生的坎坷经历，彻底反思。八岁吸大麻，那是家庭环境的错，不是他的错；三十二岁再次染上毒瘾，那是少年时种下的孽，也不是他的错。照这种思路，下次如再染上毒瘾，照样不是他的错。只是，人生不能一直讲"不是我的错"。就像你开车出了多次事故，每次警察都判定是别人的错，保险公司照样把你列入高危人群。保险公司问，为什么事故常发生在你身上？所以，人生除了不是我的错，还应当想想怎么才能做得对。

他回顾起服役和当警察时，努力工作，一心扑在公事上。那时他很受尊敬，觉得很风光，根本没有想要吸毒品的欲望。那些公事把对毒品的欲望压下来。压下来，但没有根除。大脑细胞表面上那从小就变得很敏感的毒品受体，一直在等待着重新被激活的机会。以前不懂，现在懂了，他比别人脆弱，特别容易被偶然的事件击垮。为了对抗这种脆弱，他需要变得特别强大。

怎么才能使自己变得特别强大呢？

恰好有一个机缘，他的女友怀孕了。他条件反射性地起反应，他恐惧啊。他想起父亲尽心尽力地挣钱，为的是使家人有饭吃、有房住。除此以外，他不太管孩子们。他想起母亲连个像样的工作都没有，整天奔波，更是无法管孩子。结果是，哥哥基本报废了，他则在困境中挣扎。他很害怕自己的子女也要落个同样的下场。他还没有做丈夫的准备，更不用说做父亲的准备了。

婴儿要来到世上，谁也挡不住，不管他是不是做好当父亲的准备。大儿子小丹尼在他三十九岁时出生，二儿子路克在他四十一岁时出生。孩子的妈妈愿意出去工作，于是他当起了全职奶爸。他学会辨别婴儿的哭声，这种哭声是饿了，那种哭声是尿了，另一种哭声是累了。他竟然能够不通过说话而懂得另一个人的意思！他体验到人与人之间那种奇妙的牵连。

以前因为只顾自己而不在意的事情，他学会留心了。儿子的一举一动，吃饭、滚爬、跳跃、双手交叉在胸前——这个是向他学的，他都觉得新奇，仔细观察。他的童年也是这样的吗？他不记得了。难道他的童年被偷了？如果是，他要从儿子身上补回来。

儿子出生以前，他只在意自己，却无法保护自己。儿子出生以后，他把心思放在儿子身上，注入了全部的父爱。他平生第一次觉得自己唤醒了一种彻底奉献给另一个人的天性，能对另一个人负起完全的责任。他心里装着别人的世界，这个世界给他空前强大的力量。他强大了，不需要保护了。

他也不需要隐瞒了。以前，他有两次成功戒毒的经历，主要的动力来自对黑暗前景和死亡的恐惧。现在，他获得了新的动力，那是对人的关爱、对光明前景的向往。以前，他悄悄地戒了毒，把往事埋葬在心底。可那些往事是无法彻底埋葬的，他一直为此默默承受着耻辱。他决定把它们全部掏出来，袒露给世人，就此除掉耻辱的根源。他应是一个给社会带来光明的人，内心不能藏着黑暗的秘密！此外，他还除掉了一个隐患——医生再也不会给他开错药了。

随着儿子逐渐长大，丹尼有时间把眼光投向家庭以外，把周围社区纳入自己的世界。他仍然白天看管儿子，晚上则给十几个人开了个瑜伽班，利用瑜伽班募捐做慈善事业，帮助无家可归的人。他的世界完全不一样了。曾几何时，他也是无家可归的人啊！

像他那样处境的很多人死去了，他还活着，这让他觉得幸运，也觉得内疚。他觉得应该多做一些事。

做事需要技能。他有什么技能呢？他有腿劲。在洛杉矶当混混时，他常随一堆不良少年跑在黑夜的大街上。在波士顿当警官时，他徒步追歹徒。在失去车的日子里，他整天从城市的一端跑到另一端。他能跑。两年前，他开始正规地跑步，第一次成功地跑了五公里。然后，他越跑越长。

他开始向社会募捐，准备报名参加波士顿马拉松。马拉松组织给慈善人士留了一些名额，条件是至少募捐一万美元。他募捐够了，够格以慈善人士的身份参赛。今天，他向世人展示，他可以像专业运动员一样跑到终点。

他向左拐进最后一条街——博伊尔斯顿街，终点线出现在眼前了。他提起精神，恢复快速，向终点冲去。在终点等待的人们像迎接冠军一样迎接他。

安第斯山双城行

一

乌鲁班巴河穿流在安第斯山脉的群山中。它从秘鲁库斯科市北面经过，向西北奔流去，在几十公里后被两座山峰挡住，绕道而行。南边的山峰叫作老山（马丘比丘），北边的山峰叫作少山（完纳比丘），两山之间以山脊相连。我从库斯科乘火车沿着乌鲁班巴河而来，到达老山山下，然后乘大汽车盘山而上。登上老山，入眼便是马丘比丘古城了。

我站在老山山坡上，把眼光往北投向通往少山的山脊。神庙、行宫、民居、广场、阶梯、草地、花园，共有约两百个建筑物，鳞次栉比，次第展开。印加帝国在狭窄的山脊上，建造了一座可以容纳一千五百人口的城市。经过五百年的雨淋风化，屋顶的草盖早已消失，石墙依然屹立，它还保留着一座印加古城原来的模样，原汁原味。

城市应当是交通枢纽，四通八达，我们现代人这样想。马丘比丘却蛰伏于奇峰林立的丛林中，往前再无路可走。我乘的这列火车是唯一能进出马丘比丘的现代交通工具。公路曾经修建过，后来被洪水冲塌，只剩下这条铁路。现代人来马丘比丘，全是因为这里有个举世闻名的古城遗迹；古代人为什么要来此建城？答案恐怕不能用现代人的思维方式来解读了。

古城的尽头，少山兀然耸起，中间不留余地；少山俨然成为古城的一部分了。少山的形状像坐卧仰首的美洲狮。美洲狮是印加文化中三样神圣的动物图腾之一，它主宰人世。其他两个动物图腾是主宰上天的鹫和主宰冥界的蛇。原来印加人要让美洲狮来拱卫这座城市，要赋予这座城市某种神性。

少山山峰上白云萦绕，白云之上白茫茫一片，连着深邃宏大的天宇；白云和天宇俨然成了古城和少山的一部分了。少山背后还有无数山峰，它们都被同一片白云覆盖萦绕；它们也俨然成了古城和少山的一部分了。马丘比丘不仅仅是山脊上的两百个建筑物，它还把山峰、白云、天宇都纳入一体。我看见那古城，那山峰，那山峰外的山峰，那白云，那白云上的白云，只觉得来到了一个无边的世界，来到了另一个世界，觉得它把我也纳入这个世界。

往下看，山脊陡坡笔直往下削，直逼河谷。乌鲁班巴河绕过少山，在深深的山谷中向南逶迤而来，它将转向继续向西北流去。马丘比丘虽然上有山峰和白云，但相对于河谷来说，却是处在难以攀登的高处，十分险峻。说它险峻，当我乘大汽车盘山而上，感到随时都会被掀翻到谷底时，便有些思想准备了。不过，想当初印加人把大石头一块一块搬上山来建造古城，那才叫历险吧。

马丘比丘是人力建造的城市，但它处于深山老林，在过去五百年中与世隔绝。很难说它是属于人类，还是属于自然。它应当是造化与人工共同构造的奇观吧。不知当时是人类选中了自然，还是自然召唤了人类，才得以同心协力，完成这件杰作。

马丘比丘是人间的城市，但它离天很近，离俗世很远。与其说它属于人间，不如说它属于天堂。就叫它天上人间吧。在它面前，崇高者更加崇高，谦卑者更加谦卑，虔诚者更加虔诚。

马丘比丘是美丽的城市，但是用美丽的词语来描述它就显得太苍白了。废墟之间的草地，鲜绿鲜绿，那是生命力的鲜活。巍然石墙，披上沧桑的地衣，那是生命力的永恒。那美丽，是古老的美丽。那沧桑，是经久不衰的沧桑。

二

马丘比丘的建造者是印加帝国的缔造者帕查库特克。

帕查库特克的祖先在库斯科建立一个王国，管辖着库斯科河谷一带的小地方。据王室代代口头相传的说法，开国君主加曼科·卡帕克为太阳神和月亮神所生的儿子。他受太阳神之命，手里拿着金杖，到能够将金杖插入地里的地方建立王国。他从南部的提提卡卡湖出发，一路拿着金杖敲地而来，在库斯科终于把整根金杖插入地里。历史常常以不可证实的传说和神话开始，而传说和神话最终都成了历史，因为没有事实可以取代它们。印加人没有留下文字，历史学家只好承认有这么个开国君主，并且以每代君主在位三十年的假定往后推，推出库斯科王国建于 1200 年。其时为宋朝，中华帝国已几经兴衰，印加王朝才姗姗来迟。

帕查库特克为第九代印加君主。他原非王储，是一次生死存亡的危机给他提供了创造历史的机会。他父亲，即第八代印加君主维拉科查，在昌卡人强大的攻势下，不战自败，带着王储逃跑。帕查库特克挺身而出，振臂高呼，率领印加人打败了昌卡人。他因而受到国人的支持，并乘机逼宫，坐上王位。他在位时间是 1438—1471 年，其时为中国明朝。

帕查库特克既然能打败强势的昌卡人，对其他部落便不在话下。于是，他开始对外征战，向南向北扩大版图，将王国转化为帝国。他后来授命儿子图帕克·印卡继续征战，直至征服了秘鲁以北的厄瓜多尔。他自己则专注于内部建设，重新规划设计了首都库斯科，并建造了高山上的城市马丘比丘。

图帕克·印卡继位成为第十代印加君主后，继续向南挺进，将帝国扩张至玻利维亚、智利、阿根廷。到了帕查库特克的孙子瓦伊纳·卡帕克成为第十一代君主时，在拿下北部的厄瓜多尔几个部落后，帝国的扩张终于停止了。剩下的部落或人群在帝国皇帝眼里是不可救药的野蛮人，没资格成为他征服的对象。帝国只征服有一定文明程度、有一定社会组织的王国和部落，以便纳入体系，便于管理。太过松散的野蛮人，谁来替帝国向他们征税呢？

瓦伊纳·卡帕克一直住在北方的厄瓜多尔，没有回到首都库斯科。厄瓜多尔正是西班牙人传来的瘟疫首先进入帝国的地方。1527年，天花夺去了他的生命。其后，他儿子瓦斯卡尔在库斯科继位为第十二代君主，另一位一直随他征战的儿子阿塔瓦尔帕则起兵争夺宝座，并于1532年打败瓦斯卡尔。阿塔瓦尔帕下令处死大批皇族成员，剪灭潜在的竞争对手，并率领八万大军南下，准备进入库斯科，正式登基。

这时，西班牙人皮萨罗从海上登陆了，并派人邀请阿塔瓦尔帕去见面。皮萨罗手下有168个人，扣掉不打仗的传道士、翻译、小贩、妇女，主要兵力是几十个骑兵，在数量上和那八万大军根本没有可比性。皮萨罗把全部赌注下在阿塔瓦尔帕身上，一定要说动他亲自来会面，乘机把他抓来当人质，进一步控制帝国。阿塔瓦尔帕在接见西班牙使者时，平生第一次见到这种长毛的野蛮人和他们骑的怪兽（马）。他对两者都发生了浓厚的兴趣，想把野蛮人抓去阉了，当太监使唤，把怪兽抓去繁殖，给士兵做坐骑。第二天，他坐在轿子上，由贵族官员抬着，由几千名士兵簇拥着，要让野蛮人一见面就吓个半死，就像猫吃老鼠前喜欢和老鼠玩玩。

这次会面发生于卡哈马卡，猫没有抓到老鼠，倒是让老鼠创造了奇迹。西班牙人发动了突袭，先打响一门炮，再放出一队骑兵。印加士兵没见过马，被横冲直撞的骑兵吓破了胆，没有抵抗便拼命逃跑，仍然逃不过马和剑的追袭。几十个西班牙骑兵在短短几个小时内杀死了六七千个印加官兵，还生擒了阿塔瓦尔帕。皮萨罗从此靠操纵帝国首领把它分化瓦解了。

在三代人不到百年的时间内（1438—1527），印加帝国的版图扩大百倍，达到两百万平方公里，成了西半球最大的帝国，其规模堪比罗马帝国。如此庞大的帝国，顷刻之间崩溃了。西班牙人占领了帝国的首都库斯科，并将它彻底改了样。马丘比丘成了无主的城市，而西班牙人并不知道它的存在，所以它还保留着原来的样子，直到1911年才被美国探险家海勒姆·宾厄姆重新发现。

三

印加帝国的都城库斯科，坐落在海拔三千多米的安第斯山脉上，现在是人口五十万的城市。它历尽沧桑，一遍遍被摧毁，一次次重生。建筑从古时的印加风格变成现在的西班牙风格，皇宫被大教堂取代了。只是，有些东西是无法摧毁、无法取代的。

我在参观马丘比丘之前，先参观了库斯科，并为此专门雇了个向导，名叫大卫。大卫是西班牙人和印加人的后裔，父亲继承了西班牙人的姓，母亲继承了印加人的姓。除了高挺的鼻子像欧洲人，他保留着印第安人的脸部特征和黝黑的肤色。他讲西班牙语，那是当今秘鲁的通用语；他也讲克丘亚语，那是古代印加帝国的通用语，现在仍然有相当一部分人使用。他信西班牙人引进的天主教，对印加人的信仰也津津乐道。

大卫把我领进位于库斯科广场一侧的大教堂。大教堂花了九十年的时间才建成，气派辉煌。世上的大教堂都有如此气派，我在欧洲、美国、加勒比海都见过。这座大教堂有什么特别之处呢？大卫是不是想向我展示，就因为它坐落在遥远的安第斯山脉上，便印证了上帝无远弗届的恩典？不是，大卫要向我指出大教堂里边一些印加人留下的不同寻常的印记。

当初西班牙人建教堂时，由于距离太远，无法从欧洲请来画家，只好训练印加人画壁画，而且指示他们照着模板画，不可加入自己的想象，篡改对圣经的理解。印加人一点就通，竟然画出欧洲风格的油画。大卫要指点我看这些油画与欧洲油画有何不同。

大卫把我领到巨幅壁画《最后的晚餐》的前面，看耶稣和十二门徒围坐在餐桌周围。他让我看餐桌上的盘子，盘子里是一只豚鼠，占据整个画面的中央！欧亚人吃猪肉牛肉鸡肉，印加人吃不到这些，他们的佳肴是豚鼠。如今，在库斯科一带，豚鼠还是特产，是餐馆特意推荐的名菜。通过这只豚鼠，印加画家便将最后的晚餐这个神圣的聚会从耶路撒冷挪移到安第斯高山上了。罗马教皇皱皱眉头，终于释然：既然上帝的恩典无远弗届，耶稣怎么就不能上安第斯山了？

大卫还把我领到耶稣受难的雕像前，让我看耶稣的肤色。十字架上的耶稣肤色漆黑。耶稣是白人，我早在很多油画和雕像中见过。耶稣是犹太人的儿子。我在纽约见到不少犹太人，在耶路撒冷见到更多的犹太人，他们都是白人。据说耶稣雕像的肤色变黑，是由于被蜡烛熏出来的，只是教会无意把它还原成白色。大卫说，当地的信徒把这个黑皮肤的耶稣当成印加人的雷神。基督教只有一个神，它容不得其他神。但是在库斯科，印加人将耶稣改造了：耶稣既是救世主，也是雷神。既然你要我接受你的上帝，那么你的救世主就得由我的神兼任。

走出大教堂，大卫指着广场四周说，过去这些地方都是印加君主的宫殿。每个印加君主登基后都建自己的宫殿，宫殿不传后代，君主死后肉身以木乃伊的形式仍然主宰着自己的宫殿。现在，宫殿已烟消云散，消失在稀薄的高山空气中，西班牙式建筑取而代之。不过，有的东西是不会消失的。广场四周的路面仍然铺着石头，库斯科的大街路面仍然铺着石头，那是帝国时代的路面。

大卫最引为骄傲的历史人物是帝国的缔造者帕查库特克。帕查库特克按照印加人崇拜的图腾美洲狮设计了库斯科的城市布局，都城主体建筑群为狮身，宫殿在狮的心脏部位，太阳神庙镇在狮尾部；另有类似城堡的高台，称为萨克塞华曼，高耸在北部高地上，是为狮头。萨克塞华曼高台上的建筑物已经被西班牙人拆掉，只留下三道巨石砌成的底座护墙，依然雄伟壮观。太阳神庙是印加人的精神寄托，因为第一代印加君主曼科·卡帕克为太阳和月亮所生，历代印加君主也都以太阳神儿子自居，声称具有神性。西班牙人在此庙上盖上圣多米尼加教堂。1950 年，在一场毁灭性的大地震中，教堂和全市的其他建筑物一样轰然倒地，被掩盖的太阳神庙的石墙露出真面目，巍然不倒。

大卫最引为自豪的学者是历史学家加西拉索。加西拉索是西班牙人和印加公主所生的儿子。她母亲是第十一代君主瓦伊纳·卡帕克的孙女，西班牙人控制下的君主图帕克·瓦尔帕的女儿。加西拉索于1561 年前往西班牙，再没回秘鲁。四十多年后（1609），他根据从长辈听来的信息和儿时的亲身观察，以西班牙语写成《印卡王室述评》一书。在这之前，由于印加人没有文字，它的历史大多由西班牙人根据他人口述而记录。此书因为出自皇族，一度被认为是记录印加历史的权威。后来的历史学家发现他太过美化印加帝国，使该书的历史价值降低了不少。确实，加西拉索有自己的归属感。他身在欧洲，却声称秘鲁是祖国。在他笔下，印加君主都英明仁慈（残暴的阿塔瓦尔帕除外），印加帝国对外征服是给其他民族送去福祉。不管该书有何缺陷，大卫倍感自豪：终于有印加人的后裔来书写印加人的记忆了。

西班牙人通过引进语言和宗教将印加文化解构了，印加人讲的克丘亚语也被逐渐边缘化了。即使如此，现在秘鲁仍然有百分之三十的人讲克丘亚语。印加后人们，加西拉索、大卫、库斯科一带讲克丘亚语的人们，一直保留着从祖先那儿传下的归属感，一直保留着从帝国的缔造者帕查库特克那里传下来的一份骄傲。西班牙人统治了几百年，最终没有从灵魂深处彻底征服这个民族，就像无法把他们的肤色漂白。即使肤色也是由内在基因决定的，并不肤浅。那肤色，多么原始，多么坚韧。最原始的常常是最坚韧的。

徘徊在大教堂前，我突然被一个问题撩起冲动，于是问大卫："你认同西班牙人还是印加人？"他说："印加人是我的祖先，西班牙人是侵略者。"说完，他把我送到乌鲁班巴河畔，送上通往马丘比丘的火车，那里有让他骄傲的古城。

四

我站在老山山坡上，眼前恰好有两只羊驼款款走过。羊驼为南美洲特有的动物，像羊，但比羊大。它们长着长长的睫毛，睁着大大的眼睛，竖起白白的长脖子，一副亭亭玉立的模样，谁见谁怜。它们还有点像骆驼，确实也像骆驼一样被用来驮东西。但它们实在没什么体力，最多只能驮十五公斤的重量，再往背上加点重，它们便坐在地上，忽闪着美丽的大眼睛，任人怎样威胁哄骗鞭打，就是不起来。印加人怎么忍心让这么可爱的动物来驮东西呢？原来，美洲没有土生的大型驯化动物，如牛、马、骆驼，羊驼是最大的驯化动物。印加人只好把羊驼当牛做马了。

我早就听说过羊驼，特别想亲眼看看，不因为它是异域的动物，而因为它决定着南美文明能发展到什么程度。马能驮一百多公斤，比羊驼多驮七倍重量。从数量上看，这七倍的差别，可以通过多养几只羊驼来弥补。印加人确实也赶着上千只的羊驼大军，为士兵运输给养。但是从质量上看，再多的羊驼也无法抵得上马。马可以载战士，而羊驼不能；那就是骑兵和步兵的区别了。马有足够的力气拉车，因而刺激人类发明相配套的车，而羊驼不能；那就是车和轿子的区别了。在没有车的印加帝国，最高级的交通工具是人抬的轿子。有车后，人类可以继续改进，发明机动车；那就是汽车火车和轿子的区别了。现代社会的人将坐车视为理所当然，殊不知，有没有车，决定着社会发展能不能飞跃到某个层次。

现代社会的人们也许没想到，发明家只能在特定的条件下才能作出对人类有用的发明。如果没有拉得动车的动物，就没有人会去发明车；即使偶发奇想搞了个发明，发明也会因为得不到应用而被遗弃。由于羊驼是印加人所能拥有的最大驯化动物，印加文明无法突破轿子的水平。印加文明在羊驼面前遇到一个迈不过去的坎，再也无法向前发展了。如果说马丘比丘是印加帝国地域的界限，那么羊驼便是印加文明的一个界限。

我走下山坡，走近建筑物的石墙。

印加人遗留下两种石墙。一种是有缝的墙，石块与石块之间的缝隙很大，用黏土填充其中。世界上各地的普通石墙砖墙，都是这种墙。在印加帝国，在库斯科和马丘比丘，它用于普通的民房和梯田，是给人用的。另一种是无缝的墙，石头与石头之间密切贴合，连根针穿过的缝隙都没有。这种墙用于构成神庙宫殿，是给神用的。马丘比丘有座太阳神庙，神庙的旁边是君主的住所，都是用这种无缝墙围起。太阳神是神，君主是太阳神的儿子，也是神，得以享用这种精美石墙建成的屋室。

印加人是如何把石头切割得如此精确呢？

带着这个问题，我走向离建筑群不远处的一堆印加人遗留下来而未雕凿成形的石块。在一丛青草的旁边，我看到一道人工开凿的石缝。在观看了精美的印加石墙后，我特别想看到一块加工中的石块，因为它能告诉我石块是怎样切割而成的。确切地说，我更想知道他们用的是什么工具。什么样的工具揭示什么样的文明发达程度。

这条石头裂缝是由三个排成一条直线的小洞引起的。也就是说，在石头上沿一条直线钻下几个小洞，便能将它切割成两块。这种分割石块的方法我从小就很熟悉，因为家乡的石匠就是用铁錾子打下一排小洞，把山上的大石割裂开的。我打听了一下，知道印加人没有铁器，他们用坚硬的石头做成錾子打下这几个小洞，硬是用石头裂开石头。他们用坚硬的石头，把切开的石面磨平，磨得两块石头切在一起天衣无缝。这种工程，恐怕需要一代人甚至几代人的时间才能完成。

石头能做成錾子，印加人的聪明才智已经发挥到了尽头了。他们只有石器，没有铁器，石器和铁器之间有一道不可逾越的鸿沟。没有铁器，意味着在冷兵器时代以石矛对抗刀剑，在热兵器时代还是以石矛对抗枪炮。没有铁器，意味着无法进入以机器、车辆、轮船、飞机为标志的现代社会。印加人在石器和铁器之间遇到了一个坎，无法进一步发展。石器是印加文明的另一种界限。

被羊驼和石头的界限所限制，印加人无法与西班牙人抗衡。皮萨罗手下几十个骑兵，以马对羊驼的优势、钢铁对石头的优势，屠杀了六七千名印加士兵，生擒了印加帝国的首领。这是两种不可同日而语的文明之间的对抗，胜负结局早有定数。

印加人并不知道世界上有马，有剑，他们也从不知道羊驼是界限、石器是界限，他们只是把造化赐给他们的一切发挥到了极致。搬运石头到山上，用不着马，用人力即可；把石头切割成形，用不着铁器，用石器即可；设计，靠聪明才智和想象力，不需要任何工具；地点选定，靠眼光，也不需要任何工具。于是，他们建造了世上独一无二的马丘比丘。

印加人把城市建在高山上是为了方便吗？不是。供给的输送，人员的交通，都是极其困难的事儿。是为了防御吗？不是，因为他们没有将通往山上的通道控制在少数隘口，而是在紧靠城市的山坡上修建了梯田，而开阔的梯田正好给敌人提供了全面攻山的绝好阵线。他们是为了在危难时留下一条后路吗？也不是，因为印加帝国崩溃后，印加人并没有退到此地坚守，而是将它放弃了。我觉得，印加人只是想要把这座城市建得离人世远一些，离天近一些。他们有他们的突破，他们往精神的高度突破。

那个摧毁了印加帝国的文明，不受限制，所向披靡。现代人继马车后坐上了汽车、火车、轮船、飞机，然后乘着飞船，遨游太空，探索着宇宙的奥秘。当他们回首人寰，发现印加人留下的这座古城，其实是天上人间。于是，无数的人上山来赞叹马丘比丘了。东方有座长城，西半球有座马丘比丘，都举世闻名，它们一起于2007年被评为世界新七大奇迹。于是，更多的人来膜拜马丘比丘了。

这座古城，充满了无穷的奥妙，散发着亘古的魅力。

荒原上的图画

　　我上大学时听说，在遥远的南美洲荒原上，不知是谁留下了许多巨大而神秘的线条和图画，据猜测和外星人有关。2016 年，为了秘鲁之行，我特意关注了荒原的地理位置，发现它就在秘鲁南部，叫作纳兹卡荒原。它勾起我尘封已久的好奇心。于是，我从首都利马出发，乘了六小时的夜车南下，于清晨到达荒原旁边的小机场，然后乘小型飞机，开始了荒原上空的探秘。

　　纳兹卡荒原的东边是安第斯山脉，西边是太平洋。来自太平洋的水汽从它的上空飘过，化雨降落在安第斯山上。山上的水从它旁边的河流和地下穿过，流回太平洋。水不断循环着，荒原则一味干旱，干旱得寸草不生，干旱到天荒地老。荒原永远干热，干热得连风也懒得吹过，砂石不动。如果将一块小石头或一根木桩置于荒原上，千年以后它还会在那里守候。

　　从飞机上俯瞰，荒原上有许多自然形成的地形，如小山丘和洪水冲过的水道。荒原上基本上不下雨，年降雨量为两三厘米，还没入地便已蒸发。遇到天气反常的年份，山上大雨滂沱，来不及注入河里，便径直泄到荒原上。洪水冲过的地带时宽时窄，掩映重叠，弯曲流畅。那是造化的手笔。

　　突然，许多直线和图形映入了我的眼帘，它们在荒原上没有被洪水冲过的地方。它们的形状非常规范，线条宽度均匀，就像黑板上的粉笔画，一看就知道是刻画上去的，而不是自然形成的。它们便是纳兹卡线条了。纳兹卡线条如果绘在纸上，或拍成照片，确实像是在黑板上用粉笔画出来的，平淡无奇，一点也不让人兴奋。只有亲临其境，从上空俯瞰，看见它们伸延在荒原大地上，与山丘并存，让洪水让路，才真的领略了它们的规模，感受到它们的神奇。

荒原大地上出现了一个长条的三角形。三角形的底边相对窄，腰边却很长，有几公里长的样子。由于太长，从一头向另一头看去，轮廓已经模糊难辨了。三角形刻画在一个长长的平台上，平台的边界呈不规则形状，两边大片土地尽是洪水冲过的水道。我想，平台原是平地的一部分，因为两边的地面被浩浩荡荡的洪水不知冲过了多少回，冲得变低了，它便成了凸起的平台了。荒原上的许多线条和图画，都刻画在这样的平台上。这个三角形不是荒原上最长的线条，最长的是一条直线，长达十五公里，从飞机上看不到尽头。

是谁刻画了纳兹卡线条，怎么刻画的，为什么刻画？这些问题从远古涌过来，从大地腾上来，震动机座，敲动心弦。

谁刻画了纳兹卡线条呢？现代人把他们叫作纳兹卡人。根据他们留下的神坛、坟墓以及陶器和纺织品等物品，我们知道他们于公元前200年到公元600年之间居住在荒原周围的河谷里。在他们之前，荒原上已经刻有更古老的线条了。纳兹卡人只不过是发扬光大，刻画成更壮观的场面。他们一代接着一代，前赴后继，将荒原当成大画布，刻画了上千条线条。荒原再大，也有画满的时候。于是，后人的线条便盖过了前人的线条，就像画家把新画盖在旧画上面。

他们生存在一个很艰难的环境，应当把精力花在生存上，而不是艺术上。可是，他们画出了这么多，又这么长的线条，线条还保留了那么长久，难怪人们惊讶于纳兹卡文明的奇特了。

纳兹卡线条是怎样刻画的呢？说来简单。荒原的表面由因铁化而呈暗色的小石块所覆盖，拨开这些石块，便会露出下面浅色的底层。拨开一溜石块，一条线条便刻画出来了。这种刻画不需要高级的现代化工具，更不会像有人所猜测的，要由外星人来完成。纳兹卡人将一条绳子拴在两个木桩上，用它引导画直线。木桩一个接着一个，可以连成很长的直线。有些木桩就遗留在画好的线条末端，给现代人提供了探究的线索。

因为荒原上几乎没风没雨，砂石不会移动，于是，纳兹卡线条一两千年来没被掩盖，得以为我们这些好奇的后人保留着当时的模样。纳兹卡人何其幸运，因为似乎可以抹去一切的时间并没有抹去他们的图画。他们何其不幸，因为在两千年间不变的荒原旁边，他们的命运注定要与荒凉和艰辛交缠在一起。

机翼下面有一座小山丘，它的斜壁上刻着一个衣着鼓胀、脸型圆满、右手上举、身高几十米的人。那模样，像穿着宇航服的人在向地球人示意。因此，他被称为宇航员。宇航员让人联想到外星人。有人认为纳兹卡线条是外星人所为，是宇宙飞船发出的射线刻画出来的。有人认为，一些图形是指示飞船降落的地方。我年轻时听说的荒原上的线条和图画，便伴随着对外星人的猜测。这些猜测都没有证据支持。荒原的地表不够坚实，不能承受飞船降落，甚至连飞机降落也不能承受。而这个宇航员只是现代人的称呼，他可能是个部落首领。尽管如此，有这个所谓宇航员在，外星人便一直是不灭的传说。

夹在水道之间的一个平台上出现一只蜂鸟的图画。真实的蜂鸟为美洲特有，是种小型的鸟，体重几克，身长几厘米，以采花为生。我在安第斯山上看到过几只蜂鸟，它们采花时靠快速拍动翅膀把身体悬在空中。蜂鸟虽小，喙却很长，这是它们的主要外表特征。荒原上的蜂鸟图画长近百米，将真实蜂鸟放大了一千多倍。荒原上的图画大多勾勒得简单明了，只突出特征。这只蜂鸟的喙很长，几乎占身体全长的一半，便是突出了蜂鸟这个长喙的特征。

近百米的长度不算短，人若站在一头看另一头，图像入眼会变形。纳兹卡人怎么把握整个图像，使它不至于变形失调呢？有学者认为，他们先在地上画一个两米见方的小画，将它分成许多小格，然后将每个小格的线条复制到大格上，从而构成大画。记得小时候看过有人用这种方法放大画，不过那是在纸上。

荒原大地上出现了一只猴子的图画。这只猴子身长也近百米，最显眼的特征是尾巴呈螺旋形，卷了好几圈。猿猴之类的动物都有把尾巴卷起的习惯。这个图画显然把这个特征加以夸张了。我觉得这个夸张是种强调，耐人寻味。

荒原大地上出现了鲸鱼、蜘蛛、鹭、火烈鸟、手、树、鹦鹉的图画。它们的身长大多达几十米到一百多米，最长的是那只火烈鸟，达三百米。一百多米乃至三百米的长度，站在地上更难一眼看清全貌了。古往今来的多少视觉艺术家，都得为观看者着想，让人能够将整个作品纳入眼界。即使不为观看者着想，也得为自己着想；作为创作者，他得看清楚自己的作品啊！荒原上的图画在当时却大多无法让人看清全貌。诚然，有些图画靠近山峰，人站在山峰上也许可以领略个大概。但是，许多图画远离山峰，要观看全貌，只能从天空上看，就像我从飞机上往下看一样。而在当时，人类还没有飞机的概念，现代研究者也没有找出任何和外星人有关的证据。

如果说纳兹卡人在荒原上画画不是为了给人看，那么，他们为了什么？

和世界上其他人一样，纳兹卡人也有艺术表现的天性。他们将动物、植物、人的图画烧在陶器上，为的是把陶器装饰得更好看。当他们把图画刻在荒原上时，不能排除为艺术的可能性。他们的眼光所及，海多阔啊，山多大啊，天多高啊！小小的陶瓷太拘束了，可能只有广阔的荒原才能表现豪放的情感。越是荒凉阔大的地方，人们越是把目光投得远、看得高。

只是，在这个缺水的地方，他们特意跑到干热的荒原上去挥洒汗水，如果仅仅是为了抒发豪情，简直有些不可思议。荒原反而时时在给他们施加着压力，在提醒他们：水、水、水！

水是他们生命的中心，也是他们生命的死穴。水源一断，他们就无法生存。河流的旁边就是荒原，因而可以想象，河水一定不充裕。确实，纳兹卡河一年当中至少有几个月断水，甚至一连好几年都断水。河水常常干涸，迫使他们挖地下水，并修建地下水道。只有挖出水来，生命才有保证。悠悠万事，唯此为大。

如果说他们祈望得到源源不断的水，为了水才在荒原上挥洒汗水，那么我们就不会觉得这一切不可思议了。如果说他们是在抒发一种情感，那么这种情感应该包括生存的渴望。如果说他们把目光投得远、看得高，那么他们应该是在寻求一种关乎生命却超越人类的意味。

那蜂鸟会有什么意味呢？他们知道蜂鸟传递花粉，在生命繁殖中起着非常重要的作用，蜂鸟是生命繁殖的象征。在当地的传说中，蜂蜜不仅是单纯地传递花粉，而且是传递山上的神的信息。他们膜拜山神，因为水从山上流下来，是山神所赐。莫非，他们把蜂鸟放大，定格在大地上，是想让山神无时无刻不感受到他们的祈祷，祈祷得到无尽的水？

那猴子的螺旋形尾巴会有什么意味呢？我从飞机上看到了干涸的纳兹卡河边有一排大井。纳兹卡人在河边修建地下水道，并沿着水道挖一排大井，以便取水。因为井打得很深，他们干脆沿着井壁修建台阶，供人走下去打水。从上面往井底看，台阶呈螺旋状。水井的螺旋形阶梯和猴子的螺旋形尾巴，实在是太像了！螺旋就是通往水的路径啊。莫非，他们期盼猴子帮他们找到新的通往水的路径？

那构成荒原图画的线条会有什么意味呢？所有这些图画都有个共同的特征：它们仅由一条线构成，线的任何一点都不与任何其他点交叉。因为线的宽度可达半米，可以把它当成路，允许人沿着线路走动。人如果从线上的任何一个点向前走动，最终会走回到那个点。如果把任何点当成起点，起点就是终点，前程就是归程。而每个图画的线条其实既无起点也无终点，所以如果在线上走，可以无穷无尽地走下去。因此，每个图画都是个无穷无尽的循环。循环意味着源源不断，去了再来。莫非，他们在表达一种最殷切的期盼：河里的水，地下的水，源源不断地流淌，去了再来，就像日月在循环、生命在循环？

有研究者发现，纳兹卡人还真的把荒原上的线条当成路来走。沿着固定的线路走循环的路，便是庄严的仪式了。我想，如果我是首领，一定会把仪式举行得盛大隆重。我会领着几百号人，让每人手里持着火把，在夜里沿着一个图画的线路走动，一直走到午夜，甚至走到黎明。火把会将图画点亮，那该是多么壮观的场面，希望能感动山神，将水赐给他们。即使没有感动神灵，也能激发人的信念，增强人的信心，从而更加尽力去寻找水源，达到同样的效果。我们不知道他们是不是举行这样的仪式，但我们知道，他们总能够在地下找到足够的水源，够他们将一个奇特的文明维持了八百年。

只是，到了公元500～600年，更严重、更持久的干旱出现了，水终于干枯了。他们恐怕把最深的井都挖了，把最虔诚的心愿都袒露在荒原上了，把最珍贵的生命都奉献上了，水还是断了。于是，他们只能往山上迁移了。水不再往低处流，人只好往高处走。他们留恋地回望荒原上那些充满着循环意味的图画，告别了祖祖辈辈居住了八百年的乡土，一步步向山上走去，他们找水源去了。纳兹卡人不再回来了，荒原上没人画画了。

我结束航程飞回机场。回到机场的飞机，准备下一次飞行。日复一日，飞机沿着既定的线路循环。古往今来，多少事物一直在循环着；日月落下再升起，水汽上山了再流回海洋。循环无穷无尽，天长地久。荒原上的图画已经跳脱了循环，它们不消失，便无所谓循环。它们一直守候在那里，等待主人的回归，等到天长地久。

追寻玛雅文明的踪迹

一

10月的中美洲，没有清爽的秋风，只有似火的骄阳。在这块异域土地上，不但季节不一样，什么都很不一样。我站在古老的大球场中，仿佛亲临一场几百年前的蹴球比赛。一个球员将对方传飞过来的蹴球用臀部顶回去，四公斤重的硬胶球向球场一侧的石墙高高飞起，在六米高处穿过石环孔洞，落到对方场上。这个高难动作引来全场的一片喝彩，也为他的球队赢得了比赛。赢球的队赢得了荣誉，而它的队长则赢得最高荣誉——他的头被砍下来，献给神做祭品。

这种以人祭作结的球赛听起来诡异得很。有人或许以为这是原始人的宗教活动。但是看这偌大一个球场，长一二百米，宽几十米，两边石墙高高耸起，很难想象原始人能建得起来。近看石墙，发现那是由一幅幅精致石雕砌成，艺术水准相当高超，也不是原始人所能达到。其中一幅雕像，便是人祭的再现，七道血柱正从刚被砍去头颅的颈腔喷向天空。

这个蹴球场在墨西哥犹卡坦半岛北部的一座废弃城市，城市叫作奇琴伊扎。几百年前，这儿可是玛雅文明的城市中心。现在，奇琴伊扎古迹闻名世界，它所属的玛雅文明以神秘著称于世。

走在奇琴伊扎，到处都能感受到神的踪迹。我来到一口大井边，倾听一个神奇的故事。奇琴伊扎附近没有河流湖泊，水只在地下流，人们所能见到的地面水就只有两口大溶井。奇琴伊扎建在溶井旁边，并根据溶井命名，意思是"在伊扎的水井口"。奇琴伊扎的存亡可就靠这两口溶井了。它们除了提供居民日常用水外，还承担着很神圣的责任，被称为圣井。人们往里边扔下贵重物品作为祭品，也扔下人作为祭品，希望雨神赐予好雨好收成。圣井直径大概二十米，井水水面离地面约二十米，据说井水面离井底也是二十米。一般人扔下去也就不指望活着回来，因为他们从来没有练习游泳的机会。只有一个人奇迹般地活着。他叫作胡纳克·塞尔，原是俘虏。他竟然在井里待了一夜没死，被捞了上来后讲述了与雨神的对话，并预言当年丰收。他的地位也从俘虏一跃成为神的传言人，并被派到邻近的玛雅潘当领主，后来反过来打败奇琴伊扎。

我来到奇琴伊扎城市中央，仰望那座闻名于世的金字塔，更能感受神的存在。奇琴伊扎金字塔不同于埃及金字塔；埃及金字塔是陵墓，而玛雅金字塔则是神庙。奇琴伊扎金字塔高三十米，顶端有座神庙。神庙为祭祀羽蛇神而设。羽蛇神是会飞的蛇，它有神性，能上天，能着地。崇拜这种上天着地的神，就得把神庙建得高高在上，非常考究。细看金字塔四面的石建阶梯便能看出其讲究程度。金字塔有四面，每面阶梯有91层，加起来364层；将顶端的神庙也算成一层，共有365阶。365，正好是玛雅日历（哈布历）一年的天数，跟我们现在通用日历的天数正好一样。每年春分和秋分近日落时，金字塔西北角的投影投射到阶梯上，透迤而下，其状如蛇。这蛇影是为羽蛇神专门设计的。玛雅人把他们对于宇宙的理解、蕴含高度文明的信息造进金字塔，可见对神庙的重视、对神的崇拜。

诡异的球赛、传奇的故事、神庙的设计，无一不透露出几分神秘，都指向那看不见摸不着的神。是神那超人的力量，为玛雅涂上了神秘的色彩。

二

也许玛雅人认为他们终会化为尘土，只有神是永恒的，因而没为后人留下任何其他东西，只留下神的世界。你看那被无情的岁月任意摧残却无法磨灭的金字塔，便是证据。也许这个神的世界，只是人的智慧的体现，是人将它创造出来，托付给神主宰，智慧的人要从神那里取得回报。更恰当地说，它应当是人神交融的地方。离开了人，就没有神。从神话中，本来应当看到人的虔诚，却也能看出人的狡黠。

就拿那蹴球赛来说吧。如果遵循人的本性，没人会自愿参加这种比赛，因为有生命危险。所以，参赛的人大多是俘虏，被人强迫，没有选择，球赛的背后有人在控制。如果遵循人的本性，应该让输球的一方被牺牲。这样一来，双方为了生存，定会尽力竞技，球赛才会精彩。或许真有人已经超越本性，对神百分之百地伏顺，为了把头颅献给神而使劲赢球。或许事先定好被牺牲的俘虏为队长，再配给他强大的队员阵容，让这个队无论如何都要赢球。不管真相如何，本文开头的那一场比赛，赢球的队长被牺牲，只是例外，只在奇琴伊扎有记载。在玛雅的其他地方，都是输球的队长被牺牲。所谓的人祭，与其说是神的强大，不如说是人在操纵。

那位与雨神对话而从圣井里活着回来的胡纳克·塞尔，恐怕也是依靠例外的幸运或编造。也许他天生不用学就会浮水，也许他曾经到过有水的远方或海边而学会游泳。但有一点可以肯定，他很会给自己戴上光环，编出一段与神对话的故事。既然他会编造，那就不能排除整个故事都是编造的，不能肯定他下过井。他是打败奇琴伊扎的胜利者，历史是胜利者写的嘛。

凡是有崇拜神的地方，必定有人在利用神。玛雅城邦的国王，声称秉承神的意志而统治人民，和世界上其他地方的统治者没有两样。他们声称有能力招来人类赖以生存的雨水，因而顺理成章地做了统治者。雨水时多时少，时早时迟，但基本上年年都能招来，他们得以继续享受宝座贵冠。直到连年大旱，玉米不长，城市废弃，他们的天命才破灭。

在我们的世界里，神被崇拜了千万遍、打翻了无数次。玛雅的神，没有两样。

三

玛雅人在留给我们一个高度文明的遗迹和充满神奇的世界后，真的消失了吗？

其实玛雅人的后代从没走远，他们今天还生活在祖先生活的玛雅地区，人数大约七百万，是个相当大的数目。我买过他们的纪念品，吃过他们做的饭，还为一位漂亮的玛雅小姑娘拍过照片。只是他们对于古代玛雅文明的了解并不比我们这些外人多。倘若不是一些来自欧美的研究者的破译，他们可能无法与这些文明成就联系上。他们讲玛雅语，却看不懂玛雅文字。他们与古时创造辉煌文明的玛雅人同种同语，却与他们决然分裂开来，分道扬镳。

玛雅人后代为什么看不懂玛雅文字呢？在古代玛雅，文字只掌握在少数精英手里，下层的农民与文字绝缘。一种文字如果只掌握在少数人手里，那么它的处境就很可能面临绝灭的危险了。这便是玛雅文明的软肋。在软肋上插上致命一刀只需要一个人的力气。

1549 年，在西班牙人征服玛雅地区后，罗马教会向犹卡坦半岛派来一位主教，他叫兰达。兰达主教的目标是让所有的玛雅人放弃本来的信仰而皈依天主教。他为了这个目标，不辞辛苦，深入玛雅人当中，详细了解他们，取得他们的信任和尊重。他把对玛雅文化的了解写成西班牙语文献，然后把所有搜集到的玛雅书籍全部烧掉。他认为除了他的记录，已经没有什么好东西值得留下来了。他认为这些书籍只能使人迷信，相信邪恶，不利归化。他还举行公审，处死那些懂得文字而人数很少的祭司。焚书杀人，双管齐下，玛雅文明陷入了万劫不复的深渊！后世人在玛雅地区总共只发现了三部逃过火劫的手抄本书籍，还有许多刻在石雕上的文字记录，可是已经没有人能读懂这些文字了。现在，依靠西方研究者的努力破译，后人才慢慢知道这些文字的意义。

这位兰达主教，怎么说他呢？他以亲身经历为后人留下了不少关于玛雅文明的记载，让后来的研究者了解到不少玛雅的文化风俗，但他活生生地割裂了曾经辉煌的文明。人们在研究他留下来的文献时，是该感激他还是该诅咒他呢？

我幻想我来时劫火未烧，绞刑未施，快步冲上，拦在兰达主教面前，呼吁他为这个摇摇欲坠的文明留下一脉香火。他会听从劝告吗？他是个很有理念的人，他会凭着对上帝的虔诚，坚持自己是世上唯一正确。唯一正确的人是不听劝告的。他还是个手握权柄并敢于行使权力的人。连西班牙派去的总督都斗不过他。他和总督不和，干脆把总督逐出教会，让他丢了官职。权力是不会听取劝告的。

权力很可怕，自以为正确的掌握权力的人更可怕。掌握权力的人如果强行推行理念，其毁灭力则相当巨大，他会摧毁文化、割裂文明。兰达主教就这样给玛雅文明插上了致命一刀。

玛雅文明从此变得扑朔迷离。它留下一种美，叫作神秘美，兰达主教强化了这种美感。它留下一种悲，叫作湮没悲，兰达主教加深了这种悲剧。

四

奇琴伊扎古迹包括雄伟的金字塔、宽大的蹴球场、椭圆形天文台、壮观的武士神庙和庙外的千柱群，以及其他大大小小的建筑物，是个大型的建筑群。这些经历岁月磨灭而保存下来的建筑物都是石头建成的。想了解神秘的玛雅文明，只得向石头打探了，因为石头是文明的产物和见证。

建筑石块是怎么打造而成的呢？我脑子里问着问题，眼睛早就在寻找铁器了。我从小见惯家乡石匠用铁器打石，所以自然而然地认定铁器就是答案。铁器是文明进步的标记，没有铁器，文明便还停留在石器时代。可是遗憾得很，玛雅人没有留下铁器，只留下许多相当精致的石器。没有铁器，难道用石器打造石块？

玛雅文明在考古学上属于新石器时代。中国五六千年前的仰韶文化、红山文化就属于新石器时代。那个时代很原始，在传说中的炎黄以前，没有文字，没有留下任何记载。中华文明要发展到有文字的阶段，还得等两三千年。可是使用石器的玛雅人已经发展了一套相当完整的文字。而且，他们在数学上已经在使用 0 的概念了。要知道，现在全世界通用的公元日历有 1 年、2 年乃至两千年，在这之前有公元前 1 年、前 2 年乃至前几千年，但就是没有 0 年。为什么没有 0 年呢？因为当时（罗马帝国时代）没有 0 的概念。玛雅人对天文和历法也很精通，在金字塔的设计上就体现出来了。原始工具和高度文明摆在一起，简直颠覆了多少学者苦苦建立起来的理论体系。这种颠覆，为玛雅文明增加了几分神秘。

那么，玛雅人用什么工具建造宏伟的建筑呢？说来简单，他们确实是用石器开采、打造石料。金字塔等大型建筑物的建筑材料是容易被切割的石灰岩、砂岩、火山岩，开采、加工、雕刻这些石料的工具则是用坚硬的燧石做成。坚硬的燧石破碎后产生锋利的断口，可以做成凿子、刮刀之类的锋利工具。另外，玛雅既没有牛、马、骆驼这样能够驮载的动物，也没有带轮的车子。因此，一切运输都由人力完成。在这样低技术条件限制下，他们竟然建成了宏伟的金字塔！

奇琴伊扎不是唯一的玛雅古迹。在热带丛林中还有很多金字塔，它们分布得很广、很远。这些金字塔的覆盖面为墨西哥东南部和危地马拉、伯利兹、萨尔瓦多、洪都拉斯四国。这些地方是古代玛雅文明所在地，也是现在玛雅人居住地，其面积大概相当于中国沿海三四个省。要是有双千里眼，从高空远望，看着远近丛林中冒出来的大大小小的金字塔，那该是怎么样的景观啊！我忽然想起唐代诗人杜牧的诗句："南朝四百八十寺，多少楼台烟雨中。"分布千里的四百八十寺，杜牧无论如何都无法一眼望尽，只能在诗境里游弋感受。我呢，也只有在想象中才能把丛林中的无数金字塔饱览一番。

这些金字塔的石材都是玛雅人用石器打造出来的。

五

没有铁器，只好用石器。没有牛马，因而没有车辆。玛雅人其实受到很多客观条件的限制，最大的限制是森林。要真正了解神秘的玛雅文明，得了解森林文明。

除了玛雅人，人类自从一百万年前离开森林后，就再也没有大规模回到森林去居住了。纵观欧亚大陆人类发展历史，人类的早期文明都是在大河流域发展起来的。中华文明起源于黄河流域，埃及文明起源于尼罗河流域，印度文明起源于印度河流域，美索不达米亚起源于两河流域，后来的文明则是从这些早期的文明发展而来或受它们的影响发展而来的。为什么早期文明都是在大河流域发展起来的呢？因为这些地区土壤肥沃啊。玛雅文明是例外，它是森林文明。森林文明，分明是在挑衅人类社会发展规律！

农业是文明的根基。玛雅人得在森林中发展农业。森林土壤浅薄贫瘠，适合长树，种粮食则不容易。树和农作物的区别在于树不是每年都收获，不会把养分耗干净。如果种上粮食而年年收获，不出三年，土壤的养分就被榨干了不少，粮食产量减掉大半。玛雅人在这样的自然条件下，小心翼翼地利用土地资源。他们把树砍下烧掉，作为肥料，清理出一块地，种上玉米。两三年后，放弃这块地，让它恢复元气，转移到另一块地上烧树种田。如此循环大约五六次，花十年到十二年时间，才回到第一块地来。这叫休耕轮种，是玛雅的主要农业模式。当然，在可能的条件下，他们也有一些永久的、不需休耕轮种的土地和小园。此外，他们也抓些野味作为补充食物。

通过精心经营，一个家庭用半年的时间可以生产够两个家庭吃的粮食。也就是说，他们有一半的剩余时间还有一半的多余粮食可以拿出来交换和献给国王。这剩余的粮食和时间使得玛雅人有机会做些非农业的事儿，比如供养从事宗教、天文、历法、数学、文字、艺术的精英阶层，供养军队，建造城市，建造宏伟的金字塔、宫殿、纪念碑。

玛雅人是一万年前抵达中美洲的印第安人的后代。公元前1800年（相当于中国的第一个朝代——夏朝），他们开始在玛雅地区定居，奠定发展文明的根基。公元250—900年（相当于中国汉末到唐末），玛雅文明在南部进入鼎盛时期（古典时期），建立了许多城邦，人口达到两三百万。所谓城邦就是一个城市加周围地区。玛雅最大的古典时期城市是蒂卡尔（位于危地马拉，高峰人口为十万人）、卡拉克穆尔（位于墨西哥坎佩切州，高峰人口为五万人），还有许多比较小的城市。玛雅由于受条件限制，没有马，没有车，国王管不到很远的地方。比较边远的地方如果不服管，就得派军队去镇压，还得派民工背着来回几天的粮食，所以走不远。在这样的条件下，把城市扩展到几万人，可是相当大的规模了。

在公元 900 年前后很短的时间内，玛雅南部的城市一个个废弃了。例如，玛雅最大的城市蒂卡尔于 889 年后废弃。10—16 世纪，玛雅文明在北部犹卡坦兴起，进入后古典时期。北部城市包括奇琴伊扎、玛雅潘。这些城市也没能长久延续，一个个相继衰竭。此后玛雅人继续开发聚居点，规模却大不如从前了。也许，玛雅文明回落后正在酝酿进一步发展。但是，西班牙人已经侵入，此后将玛雅人各个击破。玛雅再也没有机会恢复到从前的规模了。

西班牙人征服玛雅地区时，绝大多数玛雅城市已经废弃，被森林吞没。当后人在森林中重新发现一个个古代废墟时，惊讶不已。玛雅文明为什么会被废弃？研究者提出各种各样的理论：外敌入侵、农民造反、贸易中断、资源衰竭、环境恶化、疾病流行等。某个理论或许能解释某个玛雅城市的衰落，但很难解释所有玛雅城市的衰落。如果要找出一个制约玛雅文明发展的力量，恐怕就是森林了。

森林文明的关键在于懂得森林的利用和制约。玛雅人由于需要采用休耕轮种的方式来获得粮食，需要比其他地方多五六倍大面积的土地。这就注定森林中的人口密度不能太高。玛雅人的聪明之处在于他们知道森林的局限性，因而小心翼翼地利用土地资源。聪明的玛雅人由于有效地利用土地资源，温饱之外略有剩余。这个剩余使得他们能够养活更多的人。人口就这样逐渐上升。当人口上升到高峰，他们的城市规模达到最大时，也是他们的末日即将来临之时。人口上升促使人们向土地更贫瘠的边缘高地开发，暂时把危机延缓，把人口数量继续往上推升。最终，人口的负担压倒了土地的承受能力。这时（玛雅古典时期末期）发生了毁灭性的大旱灾，彻底摧毁了他们生存的农业基础。

大旱灾仅仅是天灾吗？最近的研究发现了旱灾与人口的关系。当人们向土地更贫瘠的边缘高地开发时，土地的利用率下降，更大规模的森林被耕地取代。森林面积大规模缩小，导致降雨量下降，因而导致干旱。所以，旱灾看似天灾，其实是人力造成的。

就这样，玛雅人在通往成功的路上给自己设下陷阱，成功越大，陷阱越深。了解了这个道理后，玛雅文明便不再神秘。

六

人的眼光如果能顾及一辈子已经不错了，要求他们把眼光投到后代的生存上，那就太勉强了。玛雅人没有科学的人口理论。

人本来是自然的一部分，应该永远是自然的一部分。可是，人有智慧，智慧是建设的力量，也是摧毁的力量。玛雅人在森林中创造了几乎是不可能的大规模的文明，这是建设力量的体现；他们的城市最终一个个被废弃，这是摧毁力量的体现。森林具有比智慧更强的力量，那叫作自然规律。森林在人出现以前老早就在那儿。当人类到森林里采些果子、打些野味时，森林是很宽容的、很欢迎的。建几栋房子住下来，森林也不反对。但是当人类反客为主时，森林便以惨烈的方式释放出比智慧还强大的反制力量。森林先让自己受尽摧残，大批倒下，让土地变得不适合人类居住，迫使人类退出，然后在曾经被人类占据的地方长出新苗，重新收回属于它的领地。

虽然这块异域土地上的人种不一样、文明不一样，但是自然规律到处都一样。我们这些居住在森林以外的人们，其实也和玛雅人一样，受自然规律约束。

金字塔下尝蚁卵

墨西哥城外的特奥蒂瓦坎废墟中，屹立着三座金字塔：太阳金字塔、月亮金字塔、羽蛇金字塔。导游豪赫带我们参观了金字塔后，建议午餐时吃一盘当地特产：蚁卵。这不是让我们吃昆虫吗？看在他是考古专业出身，知识丰富，而且是我和妻子的私人导游的份上，我们硬着头皮在金字塔下的餐馆点了一盘蚁卵。蚁卵由红色的火蚂蚁所产，外观和大小都像白米粒。小尝一点，觉得味道清香，便消除疑虑，一口接着一口品尝起来。

蚁卵是食物，从食物中可以品尝出历史，豪赫要我们相信这样的观点。他给我们讲金字塔，先从远古讲起。他讲远古历史，先从食物讲起。他说，世界上有三种文明，即小麦文明、大米文明、玉米文明，墨西哥文明是玉米文明。

墨西哥人在吃玉米之前，以狩猎为生。一群人手拿石器，围攻庞大的猛犸，击倒后割肉，大快朵颐。大约八千年前，猛犸猎杀完了，人们把眼光投向鹿和兔，可这些小动物从眼前飞奔而过，追不上，抓不到，从此便没有什么肉类可吃了，才转而吃玉米等素食。玉米文明从此拉开了序幕。

当地有六种植物可食，玉米、西红柿、鳄梨、南瓜、豆、辣椒，墨西哥人将它们放在一起耕种，一起食用。我们吃过的玉米片香脆、鳄梨泥香醇、辣椒酱提味，不需要鱼肉也相当可口。这种素食到现在还是墨西哥人的主要食物。

墨西哥土地肥沃，气候宜人，温度不冷不热，不涝不旱，常常是白天晴朗，夜间下雨。不但生活方便，耕种也不辛苦，而且总有好收成。现在的土著占全国人口 10%，主要依靠传统的耕种方式，生产出来的粮食够全国 70% 的人口食用。墨西哥真是个天然好地方。

我不是吃素的，所以还在想着鹿和兔，于是问豪赫，为何不用弓箭射猎。他说每个地方都有自己的历史发展，勉强不得，墨西哥人早先不用弓箭。我想，弓箭恐怕要骑在马上射才好，而墨西哥乃至整个美洲都没有马。

没马，没箭，墨西哥人在文明开始时就告别了射猎的生活方式，连同猎人嗜血好斗的心性都淡化了。现代墨西哥人宣称有五千年历史。墨西哥的历史没有大规模的战争，那些成了废墟的城市大多是放弃的，不是摧毁的。

古代墨西哥人主要以商业方式控制邻近地区。特奥蒂瓦坎城因商业发达兴盛于两千多年前，也因失去商业竞争力后于公元 750 年败落，人去城空。这座城市拥有二十万居民，占地二十五平方公里，城墙扩建到四周的山脚下，周围没有任何耕地。不但没有耕地，而且没想要抢占耕地。居民生产垄断商品。例如，他们控制了远在北边新墨西哥的瓷土，从而控制了瓷器生产。他们用瓷器等商品和邻近地区进行交换，换来粮食，以商业垄断的方式发达起来。

城市发达起来了，粮食已不是问题，精神上的需求便很重要了，所以他们建造金字塔。现在，整座特奥蒂瓦坎城被尘土覆盖，只挖掘出三座金字塔和少数建筑物，供人参观凭吊。据豪赫介绍，世界上游客最多的地方是埃及的吉萨金字塔，其次便是特奥蒂瓦坎金字塔了。两个地方都有三个金字塔，以直线排开，两处的金字塔的规模一样。只是，埃及金字塔是坟墓，用于埋葬法老，而墨西哥金字塔是神庙，用于死亡的典礼。古代墨西哥人相信,人死后,身体归于土地,心归于上天,分别给土地和上天补充能量,以便再生。怎么上天呢?那就需要到高处举行典礼,高处就是太阳金字塔顶部的神庙。古代墨西哥人建金字塔不是为了死亡,而是为了再生。

在了解了古代墨西哥人的精神需求后,我们回到现实中,现实中不能没有食物。我们除了吃传统食物外,还吃到鲜嫩可口的海鱼。在古代,海鱼是国王的专门享受,平民不敢奢望。墨西哥城位于超级火山爆发后形成的大盆地,周围的湖水河水中含有大量矿物毒素,人不能饮用,鱼不能生长。国王喜欢鲜鱼,命几十个人接力跑,每人跑十公里,在一天内将鲜鱼从几百公里外的海边快递过来。我们还吃了兔肉,兔肉在古代也是国王的专门享受。平民百姓几千年来已经放弃了捕抓兔子的努力了。我们还吃了鸡肉、猪肉、牛肉,这些连古代国王都无福消受,他不知道世界上有这等动物。

平民不能和国王一样享受,但能吃上蚁卵。我在参观金字塔时,看到地上有不少红色的火蚂蚁。产生一盘蚁卵,得需要多少火蚂蚁啊?豪赫说不用担心,古代的墨西哥人已经发明了人工养殖。蚁卵就是当地最高档的传统民间食物了。

能吃什么,不能吃什么,不单单是生活方式,还为历史发展奠定了方向。小麦文明、大米文明的人群,拥有牛和马等大型驯化动物,不但可以吃,还可以用于耕种、运输、打仗。古代墨西哥人没有大型驯化动物,也就没有欧亚人那样的耕种、运输、打仗技术,所以打不过西班牙人。

西班牙人在五百年前登陆墨西哥时,正是阿兹特克时代。阿兹特克王国位于墨西哥城,它也是依靠商业实行控制,并不倚重战争手段。国王将西班牙人引进宫中,奉为上宾。没想到上宾竟然发动战争,让他感到很意外。在国王的思维中,有纠纷可以谈判,要打仗得先宣告，突然挨打让他觉得相当委屈。其实，一旦和那些吃肉、骑马的人接触，王国的命运就已经注定了。

蚁卵像其他墨西哥的传统食物一样，味道温和，没有肉臭，没有血腥。吃这样的食物，品尝相对应的历史味道，一段段兴亡史在相对温和的氛围中演绎开来。

落基山行

一

从加拿大卡尔加里市驱车西行，远远便见落基山脉的群峰在天边的白云底下排列开来，千姿百态，争强斗胜。车越开越近，山便显得越来越雄伟。经过一座山底下抬头仰视时，便被它的气势慑服了。在高耸入云的峭壁的逼视下，人显得渺小如蝼蚁、卑微如尘埃。

驰行一个多小时后进入班夫小镇，然后从班夫乘缆车上了北边的高峰硫山。从硫山上往下看，班夫镇在好几座山的环抱下，坐落于谷底。还有一条小河，名叫弓河，颜色介于浅蓝浅绿之间，穿镇而过。山谷中的房子、河水、草地，组成一幅绝妙的图画。将眼光从谷底抬起，看到围绕着班夫的另外几个山峰。虽然在通往班夫的路上曾经被它们的雄伟震撼过，但在硫山峰顶与这几座山对视，便有一种平等的感觉。所谓山登绝顶我为峰，大概是这种感觉吧。

从班夫往北，先前小如蝼蚁、微如尘埃的我辈在群山的怀抱中穿梭前行一阵，过了一峰又一峰后，逐渐习惯了山的磅礴威武。在领略了山峰的雄姿后，便对山峰有了几分熟悉的感觉，不再觉得自己渺小，反而觉得那高耸的山峰，能把人的底气填足、精神拔高，提升到天上的高度。获得这种熟悉感后，山的姿态也发生了变化。山不再是永远高高在上了。山把雄伟的身影倒映在湖里，在水光荡漾中摇曳，粗犷中平添几分妩媚。山水交织，乃是自然界的大美景象。许多山峰的下凹处有常年的积雪，那洁白的色调则让雄伟增添几分飘逸。

有几次，笔直的大路如剑般直指山那巨大的躯体，两者摆出毫无妥协的对峙姿态。而车更是像离弦的箭，向山的躯体射去。就在相撞似乎无可避免，这副皮囊将被撞得粉碎的千钧一发之际，路在山脚下忽然拐弯，沿着山根悠然而过，我也毫发无损。杨万里曾有诗叹道：政入万山围子里，一山放过一山拦。其实山从来没有拦我的恶意，最多只是开开玩笑、玩玩游戏而已。

山中行，一会儿觉得人很渺小，即便是人世间的那些伟业，也一并渺小。一会儿觉得与山一起伟大，人世间的那些恩怨烦恼、芝麻蒜皮小事便一笔勾销。一会儿又觉得与山可以平等相待，相互嬉戏亲昵，人世间的那些钩心斗角便微不足道。

<h2 style="text-align:center">二</h2>

在落基山脉中驱车行走，经过许多河和湖。水不但为山增添了魅力，它们本身就是一道道风景。每一条河、每一个湖都有特别的颜色。或蓝或绿，或深或浅，不管是什么颜色，给人的感觉就是特别纯净。即使从山上夹着石粉流下来的乳状的河水，也是单纯一色，绝无尘垢之嫌。从班夫往北开车约三十分钟，再稍往西，有两个极其美丽的湖。一个叫冰碛湖，水呈纯亮蓝色；另一个叫路易斯湖，水呈纯浅绿色。亮蓝、浅绿，都纯到极致。

冰碛湖位于十座山峰之下。峰顶上有常年积雪，已成冰川。冰碛河的蓝色我从来没在别处见过，是非常深邃的蓝，深得出奇；是非常纯净的蓝，净得出奇。我想那出奇的深蓝来自何处，一抬眼看见漫天白云，云间不时露出一片深邃的天蓝。大概是千万年的天蓝，不断地从白云间输送给湖水，湖水汲取了天上的精华，便积累成这天地间独一无二的深蓝。我想那出奇的净蓝来自哪里，一抬眼看见山峰上的冰川。它千万年来横卧在那高峰之巅，尘埃不染。从冰川里渗出的水，流到湖里，带来出奇的净蓝。

我真希望把自己的灵魂分为两半，一半寄留在峰上的冰川和湖水之间，让它们替我永久保留，永不沾尘垢。另一半我带回人间，在烟火中磨炼。希望我还有机会回来再看看冰川和湖水。希望伴我在人间尘世中打滚的那份灵魂，不致污染太甚，至少还有大半清白，还能与在冰川上和湖水中安放的那一半，融合为一。

三

沿着弯弯曲曲的山间小路，我把车开到一座山下，然后步行爬上小山坡，遥望对面绝壁上的冰川。山巅上的冰川高高在上，其白色显得更加纯洁，其高度显得更加庄严。老天为了强调这种白色，特意布下许多白云，覆盖在冰川上面。白云在移动，所以可以明白无误地分辨出哪是白云、哪是冰川。由于天上的白云居多，蓝天反而显少。常常是大片白云中间露出小片蓝天。白云不断地飘动，那片蓝天便也跟着飘动。特别是盯着山上冰川出神的时候，蓝天真的在飘动啊。大家都见过蓝天上飘着白云，但你看到过白云间飘着蓝天吗？这种奇观，我看到了。

冰川覆盖在两峰之间，其上部像两只巨手一样，各自往上斜举，指向峰顶；其下部合二为一，如躯体缓缓垂下。冰川的整体形状如被钉在十字架上的受难者。此山峰以第一次世界大战时期英国护士伊迪丝·卡维尔命名。她当时在被德军占领的比利时帮助一百多个协约国伤员逃出，被德军处死。我很奇怪自己竟然会把冰川想象为十字架上的受难者，也许是受了卡维尔那牺牲精神的启示吧。

从高悬的冰川底部，源源不断地流下一道瀑布来。一般的瀑布落下后，总要形成水池或河流。但那道瀑布落到山脚下后，竟然了无踪影。我在惊讶之余，把眼光投到百米以外，发现一道溪流沿着山脚向远处流去。而溪流的源头，竟然是从地底下涌出来。原来冰川的水，在经过一段地下水道后，终于涌向地面，成为溪流的源头。

来自山上冰川的水是不会默默无闻地沉到地下去的，就如在比利时牺牲的护士的事迹不会淹没在历史的尘封中。她的名字永远铭刻在遥远的北美山峰上。

四

在潺潺流水声中，映入眼帘的是一幅血腥的图像。一只大灰熊已经把一只大驯鹿吃掉了一大半。驯鹿横陈于河水边，残骸上还留着道道新鲜血痕。

这条河沿着深深的大理石峡谷从山上流下。在峡谷比较宽的地方，水流缓慢下来。此处的峡谷深约五米，宽约十米。谷底中间是水流，水流两边则是干地。大灰熊大概是把驯鹿逼下谷底河边的绝境，然后猎杀。

我和几个游人在另一边的岸上发现了大灰熊和驯鹿，便停下来观看、照相。人与熊相距大约十米，中间只有河水隔开。河水大概不深，人和熊都可以涉水跨越。但大灰熊已经饱食，根本无意攻击人了，而且，它对人毫无戒心，简直是视而不见，竟自枕着新刨的土堆小憩。一会儿，大灰熊爬起来，屁股对着河水排泄一番，然后刨了个土坑，一屁股沉到新坑里，又呼呼睡去。

我没看见那猎杀、撕咬的场面，想来一定非常惨烈。但是，胜负已定，一切都归于平静。在大灰熊看来，这一切都是那么自然，无须愧疚。它在游人的瞪瞪目光下从容睡去。

潺潺的流水旁边是血淋淋的驯鹿残骸，残骸旁边睡着大饱一顿的大灰熊。这是怎么样的场面呢？在壮美和优美交融的山水之间，看到血腥的场面后，我便以另一种眼光看待山野。我看到身边的树竟然都没有叶子。放眼望去，漫山遍野都是密密麻麻的光秃秃的树干。我在冬天见过落叶的树，大体如此。可此时是夏日，应当是郁郁葱葱的季节，怎么会有这么多的无叶树干呢？

原来，十年前一场燃烧十天的大火烧掉了三十万亩森林。这漫山遍野的树干当时都经历劫火，但未成灰烬。它们太顽强了，都已经十年了，仍兀自巍然屹立。它们好似有种不屈的精神，形成一个巨大的兵团，要揭竿而起。

难道我来到了一个除了残杀之外便了无生机的地方吗？那倒不尽然。树下已经有了绿叶。更有一种紫花，连成一片，生机勃勃。一层绿叶，一层紫花，上面是一层枯树干，层次分明。生者越发灿烂，死者越发庄严。自然界原是生与死的完美交替。

五

车窗外传来巨大的轰鸣声。于是，我停车顺着响声寻去。原来，车正驶过一座桥，只是桥面铺得和其他地方的路面相同，看不出来而已。桥下的河道不同寻常，它在此处变得狭窄，而且突然下降几十米。水流便互相冲撞、激荡，水珠飞溅到空中，落到岸上人身上。桥下是河流落差的地方，瀑布的轰鸣声震耳欲聋。河水降落后，河面便开阔了，河水便不再激荡，而是缓和从容了。

我的目光送水流远去一程后收回，转向近处高出水面十几米的河岸石壁。石壁的表面呈一道道横纹，看起来它是由很多石层叠压而成的，而各层之间有着很深的缝隙。想来，石层原是紧密堆积的，后来在水流的冲击下，才慢慢露出很深的缝隙。现在水位下降了，我们才能看到这些缝隙。想来，水在石壁上磨出深深的痕迹，那该是花了成千上万年的时光了。

这条河叫作阿达巴斯卡河。它从山上冰川流下，向北方流去。它从来就是这样流过吗？

我在瀑布的旁边发现一条古水道，宽只能容两个人走过。远古时，河水便是从这条窄窄的峡谷中通过的。可以想象，在如此狭窄的河道里通过，水流应当更急。走在古水道中，看着两边的石壁，道道横纹，与旁边河流石壁的横纹类似。它们也是被激流在成千上万年的冲击后形成的。想当时，河水拼命想把这条峡谷冲宽，而石壁不肯退让。于是，河水在石壁上撞出道道裂缝后，仍无法满足它巨大的流量，最后只好改道。只是水流的痕迹，永远留在石壁上了。

我走过空空的古河道，耳边传来阵阵轰鸣。这条古河道分明还在发出流动的声音呢。那不再是水的声音，而是时间的声音。河水会干，时间永远流淌着。

伊瓜苏瀑布

　　一条大河划开阿根廷和巴西两个国家，从东逶迤而来。当它流到伊瓜苏附近时，河面开阔，水流平缓。我从阿根廷一边的河岸登上步行桥，向着河流中央的方向，跨过几个小洲，眼前出现冲天水汽，耳边传来雷霆般轰鸣。这就是传说中河流被天神劈断的地方——伊瓜苏瀑布。

　　根据土著的传说，天神要娶美丽的姑娘，却发现她与凡人小伙儿乘木筏顺河流逃跑。愤怒的天神便在此地将河流劈断，形成峭壁。水流因而突然下降，使这对私奔的恋人坠入深渊。在我面前，平缓的河流到此突然失去支撑，顿时咆哮如雷，在即将坠落时奋力发出最大的扩张力和最震耳的轰鸣声。河流千万年来的汹涌咆哮或许仍是天神无法止息的怒吼。在我面前，本来不怎么清澈的水流突然翻成雪花状，洁白得无以复加。不曾停息的洁白雪花翻腾，或许仍然在诉说着那生死不渝的爱情。

　　景观如此壮丽，让人无法用语言描述，只有借助最强烈的情感的表现——爱和怒的迸发，才能形容。

　　我站在离瀑布咫尺之遥的地方，看那水流俯冲下去，生出无数水花，喷满空间，让我看不到底部。所谓下临无地，大概就是这种感觉了。我抬眼平视，看瀑布如白布挂在峭壁上颤动，而这峭壁随着我的眼光，从阿根廷一直伸延到巴西。于是，瀑布便不仅是向下的水流，而且在一面宽阔的峭壁上挂了许多宽窄不一的抖动着的白练。

提起瀑布，人们自然会想起李白的著名诗句："飞流直下三千尺，疑是银河落九天。"有人说这诗中瀑布有多壮观啊。其实，李白只是遥看瀑布，看那又细又长的水流从高处流下而已，哪有亲临其境的感受？那种体验，怎比得上站在瀑布上方，看那水流在瞬间翻腾沸扬；怎比得上看那一排峭壁截断河流，再挂上许多抖动着的白练；怎比得上俯瞰那飞流直下，下临无地；怎比得上置身重重水汽之中，感受那雷鸣般的轰击？

我走回岸边，到下游回望瀑布。伊瓜苏河的河面宽阔，瀑布群的总宽度达五里，是世界上最宽大的瀑布。如果根据瀑布面积计算，那么伊瓜苏瀑布便是世上第一。河床高低起伏，高出水面时，迫使河水往两边分流，瀑布因而一分为二。通过如此分割，形成了大小不一的两百多条瀑布。其中有好多瀑布单独看是大瀑布，中间最大最猛烈的瀑布叫作魔鬼咽喉，是瀑布群的主体。许多大瀑布的旁边，则悬挂着许多细柔的小瀑布，为这宏大的场面增添几分妩媚清爽、纤细水灵。小瀑布越是婀娜多姿，越显出大瀑布的磅礴气派。

伊瓜苏河水在上游看起来只是普通的河水。但到了瀑布处，则突然发挥出它的巨大动能。每滴水到此都有属于它的瞬间精彩。给它一个地形，平缓的河水便起伏跌宕；给它一个落差，宁静的河水便飞扬腾挪；给它一个空间，温顺的河水便搅起漫天风雨。形势使然，水如此，人事何尝不是如此？不信可翻看人类历史上那些可歌可泣的故事和那些可悲可咒的结局。一个分崩离析的年代，英雄、枭雄乃至奸雄便伺机出来指点江山、问鼎逐鹿，将智慧计谋演绎得精彩绝伦，把人性善恶发挥得淋漓尽致。这些人事，何尝不是历史长河中瞬间的浪花？

由地形、落差、空间组成的形势，让这两百多条瀑布演绎出多彩多姿的风貌，也让本来平缓的河水在瞬间转化，归于不同的命运。我看那刚落地的一波水流还没有来得及流走，上面又一波水流劈头盖脸俯冲下来。水流互相碰击、挤压、顶撞，甚至后一波从前一波头上跨越过去。水流仿佛受使命感驱使，前赴后继，丝毫不敢停息。这种急迫感使得它们的精彩表演非常短暂。也许是在短暂的时间内所迸发出来的动能，使得它们非常精彩。短暂值得珍惜，因为精彩往往与短暂相伴。

我看那俯冲下来的水流，虽然方向都是朝下，却互相冲击顶撞，因而把无数小水滴洒到空中。还有那已经着地的水流受地面反弹，往上沸扬。而上面的水流又冲击下来，两者互相冲击，将无数水汽散发到周围的空中。这些小水滴将太阳光向不同方向折射，形成美丽的彩虹。有的美丽是静态的，这里的美丽则是搏击出来的。

我看那些撞击得最为激烈的水滴，最终都粉身碎骨，细小到趋于虚无。正因为细小，才可以在空中飘荡，越飘越高，最终升华为云气。人们常说行云流水，两者原是一物的两种形态。流水是可以在顷刻之间化为行云的。为了升华，得经受粉身碎骨、撞击消磨的历练。

体验瀑布，不但要用眼睛看，用耳朵听，还要将身心全部投入那水气的氛围中。我走到一个距离瀑布落地处不远的石台上，进入水汽的氛围。那落地的水流以巨大的动能搅动空气，生出一股强风，在我耳边呼啸而过。没有亲临其境，怎么会想象到水能生风？眼前水流激起的水汽，和着风从附近裹挟过来的水汽，把我包围在一片迷雾之中。在这种氛围中，眼睛是多余的。于是，我干脆闭上双眼，张开嘴巴，让那水汽进入口中，进入肺腑，进入灵魂。我甘愿让自己迷失在氛围之中，眼无杂色，耳无杂音，心无杂念。

如果说站在瀑布落地的附近感受水汽的经历让我难以忘怀，那么，有一种经历让我的感受更加强烈。那就是乘船到瀑布底下，让大水直接淋打到身上。水流落到悬崖下的河水中，形成强力的波浪，往外推拍。船经过几次与漩涡湍流拼搏，才得以勉强接近瀑布落下的水柱。水柱劈头盖面打下，其冲击力比暴雨还大，已经不是轻轻细细的水汽所能比拟得了。水柱拍打在身上，不但能涤荡肌肤，恐怕还能洗心革面呢。而笼罩躯体四周的雷霆轰鸣，则是振聋发聩之声了。

船离开瀑布，在波涛中向伊瓜苏河下游驶去。河水在两三里远处，终于平静下来。下游的河水，如上游一样平静。河水终究还是河水，平静才是它的本色。只有那瞬间的精彩，被定格在峭壁上面。

来自平淡生活的我，在此领略了一段精彩和感受了一段难忘的经历后，还是回归平淡的日常生活。其实，人生有点像瀑布：未沸扬时原腆静，大跌落后转从容。

天涯行

一

我从阿根廷湖登船，直奔它的源头——莫雷诺冰川。

莫雷诺冰川的源头则是太平洋。太平洋上空的水汽向东飘来，穿过智利，在安第斯山上空冷却为雪降落。年复一年，冬雪飘落在夏日无法完全融化的积雪上。积雪层层覆盖，慢慢变成厚厚的坚冰，并以日移两米的速度沿着山谷缓缓移下。在山下，冰块剥裂脱落，融化为水。于是，经过几百年的凝固之后，那来自太平洋的海水，终于还原为湖水。缓缓移动的坚冰就是莫雷诺冰川，来自冰川的水成了阿根廷湖。

船向前行，冰川临水的前沿在远处开始浮现玉石般的轮廓。玉石给人一种晶莹剔透的感觉，还给人一种清柔的联想，总之有一种婉约优美的气质。可是一旦接近，冰川便脱却那种小巧玲珑的气质，冰壁高耸，居高临下，气魄夺人，有一种磅礴的大气派。冰川的颜色是白里透着浅蓝，间隔有深蓝色的线条，蓝色越深则密度越高。就如树有年轮，冰川的蓝色线条是过去几百年间留下的年轮线，细究起来也许是某年某月某一次大挤压后留下的痕迹。冰川的规模原本就厚重，它那历尽沧桑变化的底蕴，给那气派又增加了另一层厚重。

静态的冰川很伟岸，动态的冰川又会带来怎么样的惊奇呢？只听见一声轰鸣，那是大冰柱即将剥落的先兆。原来，冰川的前沿在水上有百米高，水下也有百米厚。水下的冰逐渐融化，最终使低处临水的冰块剥落，引起那一声轰鸣。轰鸣过后，上面大块冰柱因为失去支撑而坠落，发出更大的轰鸣。大冰柱落下，将湖水激上天空，可谓乱雪崩云。它所激起的波浪，向湖面荡开，几分钟后，到达附近的湖岸，犹然惊涛拍岸。想想那冰柱经历了几百年的凝固后，从冰川母体剥离，那该是积攒了多大的动能啊！那种剥离是怎样的撕裂，何等壮烈！那种声响是怎样的呐喊，震耳欲聋！目睹这种壮观的场面，心灵怎不为之颤动？

大凡美者，要么优美，要么壮美。若喜欢优美，可以看水，阿根廷湖就在船下。若喜欢壮美，可以看山，安第斯山就在头顶。冰川之美兼具水的妩媚和山的磅礴，却不是山水之美所能比拟的。它先以优美愉悦人，再以壮美震撼人。它先以静态威慑人，再以动态激励人。只有这样的景观才既有吸引人的力量又有召唤人的力量吧？

船在冰川的侧面靠岸，我要登上冰川了。我在别处上过冰川。人由直升飞机直接降落，不费气力，落脚便踩在冰川上了。可是这一次，我穿上了鞋底装有铁钉的冰鞋，要用自己的脚力从边沿登上莫雷诺冰川。这可是全新的体验。

冰川在几百年的积压下，已经变得非常坚硬。试着用手取冰块，根本掰不下来。只有用冰鞋底下的铁钉猛踩几下，才能敲下几块。冰川又是不停地移动着，要以固定的形体移过上下起伏、宽窄不一的山谷，不改变自己的形状是不可能的。在阿根廷的南端，当我看到远古时冰川碾过而形成的，如今还遗落在山谷或海湾的大小石块时，不由自主地感叹冰川那巨大的压迫力量。可是，当我想象到坚硬厚实的冰川一路移下，也要受到山谷的挤压，不得不改变自己的形状时，便不敢想象其内部是何等的冲突摧磨！这种磨难使得冰川表层起伏不定。而且离山巅越远，离山脚越近，则其起伏程度越大。在临水这一段，冰川上简直沟壑纵横，上突处如剑凌空，下落处如陷深渊。我一登上冰川便面对这表面的险峻并感受其内部的冲突。

我能感受到冰川的质地非常光滑，光滑得使人容易摔倒。我能感受到冰川的质地非常坚硬，坚硬得使人容易摔伤。人们常用如履薄冰来形容处境危险，但在冰川上踩踏厚冰，同样非同儿戏。况且，踩着崎岖不平的冰川，一失足便有可能从高处滑下。如果仅仅是摔倒摔伤便属万幸，粉身碎骨也是有可能的。

幸好刚才冰川已经把我震撼过，使我满怀敬畏之意。我便以这种敬畏心，一步一步地登上冰川。冰川上的一步一步皆不能等闲视之，一脚踩下，确定脚底的铁钉已经稳稳插入冰里后，才踩另一脚。前面是冰窟，那是裂缝中积满了融化的冰水，我小心翼翼地绕过。前面是冰巷，那是大裂缝，大到足以容人通过，我贴身擦过冰墙。身边是悬崖，悬崖下面不知有多深，我没敢靠得太近，看得太清楚。绕过冰窟，跨过冰脊，挤过冰巷，避开悬崖，一步一步向高处攀登，终于看到了冰川外的山峰。

一番历险后，我开始调整了心态。于是，当冰川上的凉风迎面吹来时，便有种遗世独立的飘然。在嚼碎几颗用冰鞋踩下的冰块后，也平添了几分冰肌雪骨的透彻。头顶是冰峰，身边是冰墙，脚下是冰壑，如此近距离地接触，冰的世界成了我的世界。原来，冰川可以容纳我、同化我啊！我于是消除恐惧感，有了安宁的心境、归依的感觉。

大震撼后才有大安宁，大颠簸后才有真归依。

二

阿根廷湖收纳了冰川水后，一直向东伸延了几十里。它是阿根廷最大的淡水湖。从飞机上看，它像一面巨大的翡翠镜子，平置于广袤的巴塔哥尼亚原野。巴塔哥尼亚原意是巨人出没的地方。最初见到巨人的欧洲人声称巨人身高是他们的两倍，后来见到的人说巨人身高约两米。现在巨人消失了，巴塔哥尼亚依然巨大。

阿根廷湖周围土地湿润，水草茂盛，各种鸟类聚集，生机勃勃。靠岸的浅水区和水草边，白色的天鹅伸着长长的脖子，悠然自得地游弋着；身着红装的火烈鸟以高挑的双脚站在水中，戏水玩耍。还有几匹骏马在水边自由自在地吃草。有如此充沛的湖水，加上湖边丰美的水草，给人造成到了鱼米之乡的印象。

其实，离开阿根廷湖一两里远，地势便开始上升，土地便不再湿润。起伏的原野上，只零星长着一些枯黄的野草，那已是荒原的地界了。阿根廷湖被巴塔哥尼亚荒原包围着。巴塔哥尼亚位于阿根廷最南部，涵盖五个省，其面积约七十万平方公里，为阿根廷总面积的四分之一左右。巴塔哥尼亚的西边以安第斯山脉为界。安第斯山脉截住来自太平洋的水汽，将它化为雪、化为冰川。其后，冰川水注入低凹之地，形成大湖。其余的巴塔哥尼亚原野则基本上断了水源，成了荒原。

荒原没有高产的粮食，没有成群的牛羊，不给人类丰盛的物质财富，不能供养大批的人群。那么荒原对于人类有什么好处？它只赐予人全新的精神体验。现代社会的趋势是把乡村发展为城市，把小城扩展为都市。人类拼命往城里涌去。城里的楼房越建越高，人的生存空间越来越小。人的奋斗目标便是在这狭窄的空间脱颖而出，灵魂里充满了营钻。偶尔站在自己的窗前想看看远景，目光立即被周围的楼房挡回。甚至连吸进的空气也是刚刚从别人鼻子里呼出的废气。在这种环境里待久了，能不郁闷吗？如果你舍得走出那拥挤的都市，广袤的荒原能给你解闷。它雄浑，它壮阔，它磅礴，它大气。你吸入的空气自然清新，你的眼光看得很远很远，你心中的杂念尽除，你的胸怀得以开阔。

况且，荒原上还有着顽强的生命力。荒原的野草虽然看似枯干，却是不死的生命。看着荒原的野草，不由得想起我曾经写过的一首长诗，其中有几句是："走兽无踪飞鸟稀，草木披离压地低。初疑寥寥无活力，细看勃勃有生机。绝域生机殊不同，不逞颜色不姿容。不死便是真生命，不腐得称大繁荣。"在荒原，不但你的胸怀得以开阔，而且你的体内还会注入天然的活力。

荒原要赐予人全新的精神体验，就必须保持本色，抵挡人类的侵蚀。人类的扩展膨胀力量是难以想象的，它不会放过荒原的。荒原恰恰有自我保护的能力。这种能力不在于它的巨大，而在于它的脆弱。巴塔哥尼亚的地表大多脆弱，草原地带一旦过度放牧便成为荒漠，荒漠则有效地阻止了人类的开发。从这个意义上讲，巴塔哥尼亚的脆弱之处即是它的强盛之处。它以这种牺牲式的防卫，以退为进，坚守住它特有的本色。它抵挡了人类，也给欲望无止境的人类留下一片更新活力的境域。

荒原容不得大批人群长期居住，但允许人类在临水的地方建个小城镇。只要不触动它的耐受度，它便不会有强大的反弹。当然，还有那人数不多的原住民，本来就是与荒原和谐相处的。马普切人自称大地之人，他们在此地已经生活了一万年了。欧洲人的到来使他们的人数锐减，现在只有千把人生活在巴塔哥尼亚。他们散居于临水的地方，成年把牛羊放到野外生长，不用圈养，需要时出去抓一只回来享用。这种低成本的放牧方式维持着低数量，最适合荒原的耐受度。人在这种环境中放弃了征伐，回归温和的本性。

即使后来建立小城镇的欧洲人后裔，也乐得回归自然，享受安适清净。斯科特是德国人，万里迢迢来到巴塔哥尼亚，娶了个阿根廷女郎为妻，在此生儿育女，定居下来。他对我说，别人看待成功的标准是挣了多少钱，但他看重生活质量。每天沐浴在天然境地，身无重负，心无杂念，那是多少钱都买不到的生活质量啊！

我站在阿根廷湖边，在一个地方看两个世界。眼前是秀丽大气的阿根廷湖，一派明媚繁荣，身后是广袤浩瀚的巴塔哥尼亚荒原，十分空旷壮观。置身两个极端之间，那是什么样的感觉呢？这种情形让我想起小时候看铁匠们淬火。他们把烧得通红的铁锤放入水中，立即传来震耳的哧哧声响并冒出一片耀眼的热气。磨损钝了的铁锤如果只放在水中，不管放多久，它依然钝；如果一直放在火炉里，它最终会被烧化。只有在水火夹攻下，它才恢复刚性。造化把繁荣和荒凉放在比邻的地方，使人去同时领略两种极端的感受，既不被繁荣腐蚀，也不为荒凉哀愁，而是磨炼处变不惊的从容气度。

荒原不是废弃之地，而是活力之地。

三

飞机沿着安第斯山脉向南飞到尽头，降落在乌斯怀亚。乌斯怀亚人口七万，是巴塔哥尼亚最南边的城市，是阿根廷最南边的城市，也是地球最南边的城市。古人类自走出非洲后，花了至少六万年，才在一万年前到达巴塔哥尼亚。如果最遥远的地方才配得上称为天涯，那么，巴塔哥尼亚才是天涯，乌斯怀亚才是天涯的尽头。

为了探究天涯奇特的生态，我登上乌斯怀亚以南的一个海岛。海岛名叫 H 岛。它是两块高出海面的陆地，中间由一条二三十米的沙滩连接。潮水来时，中间的沙滩被淹没，岛一分为二，变成两个岛。潮水退时，中间的沙滩才露出来，把两块高地连在一起，形成 H 形。H 岛到底是一个岛还是两个岛呢？岛是陆地，但不由陆地本身来界定，而由水来界定。由外界来界定自己，自己便无定型。

时值一月份，处于南半球的阿根廷正是盛夏，它的季节与北半球正好相反。不过，由于 H 岛离赤道很远，离南极很近，海风把人吹得浑身发抖。我在 H 岛找到一个避风的小角落，脚踩到一片黑土。一般海边的黑土是因为含有较多的铁质，但这片黑土是由灰烬形成的。可别小看这片灰烬，它是当地土著的遗迹，蕴含着人类进化的丰富信息。

几千年上万年前来在这里生息的是一批耐寒的土著，叫作雅马纳人。雅马纳人有着很奇特的生理特征，他们的体温是 38 度。我们一般人的体温是 37 度，如果达到 38 度，便是生病了，该打针吃药了。但 38 度是他们的正常体温。他们凭借着特殊的高体温，便能在寒冷的气候中生存。当然，他们也采取了一些辅助的御寒措施，在身上涂满海狮油，使得海风不能吹透，海水不能沾身，从而降低寒气。大冬天在避风处烧火取暖，也是抗寒的一种措施。年复一年，烧了大约几千年所积累的灰烬，便覆盖了这块避风地。

我站在黑色的灰烬上，仿佛看见了雅马纳男子摇着独木舟穿梭于海岛之间，猎捕海狮。他们把海狮肉吃了，把海狮油涂抹在身上，任寒冷的海风吹拂着赤裸的身子。我仿佛看见雅马纳女子，纵身潜入海底，捞上蚶贝。她们也是浑身裸露，涂满了海狮油。我仿佛看见他们吃饱以后，便以地为床，以天为被，呼呼睡去。房子和衣服都是人与自然的隔阂，但谁能离得开这些遮罩之物，做到毫无隔阂地与自然融合在一起呢？雅马纳人做到了。他们在寒冷的气候中如鱼得水，自得其乐。他们与海鸟、海风、海水互为一世界。他们适合在这里生息，他们才是真正的天涯人！

但是，他们的安宁世界终于被同类打破了。19 世纪，欧洲人发觉天涯值得开拓了。于是，大船来捕鲸了，达尔文来考察了，神父来感化他们了。他们的生命和种族生存受到严重威胁，大多被来自欧洲的疾病夺去了生命。欧洲人自然不是故意把疾病带来毁灭他们。但是，即使好意也适得其反。神父一番好意，强迫雅马纳妇女穿上衣服。结果，在潜水后，海水残留在衣服和皮肤之间不能干，把寒冷长时间贴附在皮肤上。寒气终于侵入机体，使她们病倒死去。其余的一些人在冲突中丧失了生命。欧洲的捕鲸船在捕不到鲸鱼时，便来猎杀海狮。海狮可是天涯人赖以生存的食物，捕了海狮便是断了他们的生命线。于是，雅马纳人便起来攻击外来人，连前来感化他们的神父也杀了，结果招来报复性打击。雅马纳人只有少数存活下来，后来逐渐融入欧洲人种。现在世界上能讲雅马纳语的人只剩下一个了。她叫克里斯蒂娜·卡尔德龙，年事已高，住在邻近的智利。

天涯人即将灭绝了。尽管如此，天涯的海岛上还是留下一堆灰烬让我踩踏，天涯人则成为传奇，令我遐想不已！

四

讲雅马纳语的天涯人虽然最终会不可避免地消失，不过，有一部雅马纳语的字典流传于世。作者是英国人汤玛斯·伯雷奇斯。汤玛斯原是一个被遗弃的孤儿，在英格兰的桥下被人领养。于是他给自己取了个姓，叫作桥（音译为伯雷奇斯）。1856 年，他在十三岁时随养父来到阿根廷传教。当其他欧洲人被雅马纳人当成敌人时，他以年少无邪的天性，赢得他们的信任，成了他们的朋友，学会了他们的语言，并成功地在乌斯怀亚建立了第一个基督教传教基地。

阿根廷政府奖给了他一块五万英亩的土地。于是，他的家族便在海边建立起一个农庄，繁衍至今，已经传到第七代了。农庄引进牛羊，一度养有上万头，一派生机勃勃的景象。天涯的气候一般不坏，即使在冬天，最低温也就稍低于零下，雪下后很快化掉。牛羊一年四季都在野外吃草，无须在室内过冬，无须备用冬草。这种接近野生状态的放牧方式很有田园风光的韵味。可惜，在 1995 年，一场下了多日的罕见大雪把青草全部覆盖，把牛羊也都覆盖了。漫山遍野所有的牛羊全都倒毙在大雪里，整个牧场一片死寂。看来，接近野生状态的放牧方式，毕竟还是属于比较大规模的人类活动。天涯是清静的地方，容不得大规模的人类骚扰。

造化当然不会把一个农庄化为一片荒芜。天涯在埋葬了人类牧养的牛羊后，便招来野生的企鹅。企鹅看中了这片清静土地，年年来此生儿养女。几千只企鹅便成了农庄的一大风景。牛羊是常见的动物，怎比得企鹅招人喜欢？我便是冲着这道风景来的。我坐在搁浅在沙滩上的船头，看着在沙滩上多得不计其数的企鹅，各呈姿态。有的看着一个方向丝毫不动地站着，仿佛在等待着什么；有的转动头部观察四周，仿佛在寻找什么；有的卧在沙滩上，仿佛啥也不在乎；有的漫步徜徉，仿佛在享受优雅的氛围。企鹅有什么好看呢？要回答这个问题，不妨问熊猫有什么好看。熊猫的可爱之处就在于它的憨态笨样。企鹅的脚短短的，走起路来摇摇晃晃，其憨态笨样与熊猫有得一比。不过，熊猫是真笨，企鹅是假笨。它跳进海水里，一个猛子扎下去，转眼便在另一个地方冒上来。在船附近的浅水区，我清清楚楚地看见企鹅在水里作 S 形曲线飞快潜游。那灵活劲儿，简直让人不敢相信它在沙滩上是那么拙笨。

天涯人消失后，一些海生动物失去了天敌。现代人懂得尽量不去打扰它们。于是，它们便不把来人放在眼里。企鹅晃到我的船头底下，来与我对视，仿佛是在询问客从何来，然后慢悠悠晃开。还有海狮，现在没人抓它们当食物了，便整群卧在小岛的石头上晒太阳、吹海风。当船靠近时，它们仿佛没有看见，只是伸伸懒腰，又再卧下。一只特大的雄海狮，周围围绕着十几只雌海狮。在一个群体里，最强大的雄海狮统领所有的雌海狮。其他雄海狮觉得此生已无机会找个配偶，只好到别处流浪了。只有一只个头儿相当大的雄海狮在附近的石头上不时翘首顾盼。它大概是老二，不甘就此孤身老死，一直在等待老大衰弱的一天到来。我们的筏子在海湾里划过时，有一只流浪的雄海狮一直跟着转，不时在筏子前后左右冒出头来给我们做体操表演。天涯的海狮是另一道独特的风景。

在天涯，似乎只有河狸小心翼翼地提防着潜在的敌人。河狸是外来的动物，是阿根廷政府为了建立新产业而从加拿大引进来的。它们的毛皮可珍贵呢。令人遗憾的是，当地没有猎人，河狸便遍地繁衍开来。河狸在水流经的地方，用树枝和泥土筑坝蓄水，然后在坝底水中建窝，只在晚上才出来吃草，为的是逃避豹子的袭击。天涯没有豹子，河狸仿佛多此一举。可能是它们的基因决定无论如何都得小心谨慎吧。也许它们是对的，如果大大咧咧地暴露，那么即使没有打猎经验的人也会轻易地把它们捕杀。在原始植被中行走一趟，便不时看到河狸的杰作：一个土坝、一汪泥水、几棵被积水浸泡的枯树。这些外来的动物没有成为风景，而是成了祸害。看来，人为引进的动物，不管是牛羊还是河狸，都还不能和谐地融入天涯。

我行走在海湾边，脚下踩着那一万多年前冰川碾过而遗留下来的石块。它们上面长了形状如花、但以耐恶劣环境著名的真菌与藻类共生体——地衣。我在别处也见过在石头上的地衣，它们颜色一般都浅，浅灰、浅绿，不怎么引人注目。但是天涯的地衣呈鲜明的棕黄色，非常耀眼。地衣附着在海边的石头上，把海湾染成一道鲜艳的风景。自然界的鲜艳常常是警示，让人不敢轻薄，不敢放肆。

天涯的原生态形成独特的风景：清澈的海水、栖满海鸟的小岛、原始植被、企鹅、海狮、地衣，等等。即使在静静的海湾里划过的筏子，和那筏子上穿着红绿衣裳的身影，也成了天涯风景的一部分。

人类若放下征伐的心态，也可以成为天涯风景的一部分。

黄石行

一

远古的火山大爆发，将方圆几十公里的地下岩浆喷发出来，在美国怀俄明州西北部的黄石地区遗留一地的山岭、河流、盆地、湖泊、峡谷、瀑布。火山爆发后，自然会在地面留下爆发口。人们也许在电视上或图画上见过山顶上岩浆喷出的缺口。黄石却不是这样的火山。黄石的火山爆发口就是这遍地的山岭、河流、盆地、湖泊、峡谷、瀑布，它们是岩浆喷发后地面下沉而形成的。火山爆发口太大了，只有从卫星上才能依稀辨认它的规模。

当我走进黄石的时候，距上次火山大爆发已经有几十万年了。地下的岩浆经过这么长时间的积攒后，又形成了巨大的规模。

随处可见的热泉水，便是带着从岩浆传过来的热量，从地球六公里深处冒上来的地下水。热泉水流过石头，把石头染成乳白色、棕黄色、赤红色。热泉水汇成小溪，冒着热气，从脚底下流过。它所过之处，把草木定格成永恒的姿态，把非生物点染得栩栩如生，让它们组成仪态万千的雕塑。还有那散布在各处的小潭，呈纯净的深蓝色、亮绿色。它们像特大的明镜，刚刚磨过，绝顶透明。那在水面上升腾着的水汽，就像磨镜后生发出来的轻烟。

还有那从地下喷向天空的喷泉，告诉我这块土地下面正在发生着激烈的动荡。黄石盆地有三百多个大大小小的喷泉。它们除了携带着热能，还携带着巨大的动能，从地球深处射向天空，天地随之轰隆作响。我站在喷泉跟前，似乎感到地壳在颤动，地下的岩浆在沸腾。

黄石的喷泉是间歇泉。地下水从岩浆吸收足够的热量后，便一次性将大体积的热水喷发出来。经过一段时间后，下一波的地下水又会喷发出来。绝大多数的喷泉都没有固定的喷发时间，唯独老忠泉是个例外。老忠泉的特色在于它相当准时。时间一到，它就喷发。它大概每九十分钟喷发一次，每次能把三万公斤热水射到五十米高处。所谓老忠，是指它是从地下向地面传递信息的忠实使者。它生怕人们忘记了曾经发生过的巨大火山爆发，或忽视今后可能还会发生的火山爆发，因而不时通过展示它的威力来提醒一下。

黄石有崇山旷野、碧水绿谷、峡谷瀑布，各呈自然界之美。但是黄石最吸引人的地方不是这些景观。黄石之美是奇特之美，稀有之美。它体现在那冒着热气的水流和水潭，更体现在那喷射巨大水量的喷泉。它是一种随时变化着的美，每一秒钟都有特别值得欣赏的姿态。它是一种激荡出来的美，是水火相淬所迸发出来的美。它是一种宣示危险的美，使人不敢接近，又使人不愿离去。

黄石之美是使人欲罢不能的美。

二

说黄石处于危险之中，可不是危言耸听。科学家小心翼翼地用科学仪器监视着地下岩浆的动态，以便在火山爆发之前把人疏散。这是潜在的大危险，但发生频率很低。还有那滚烫的热泉，是明显的危险，普通人都懂得不能用自己的肉体去触碰，连动物也懂得躲避。

不过，热泉还有一种危险，是需要通过后天获取的知识才晓得的，而动物还没有这种灵性。在冬天，黄石的温度下降到摄氏零下二三十度。生于斯长于斯的动物虽然都具有抵抗寒冷的体质，但它们还是不能违背趋暖避冷的本能。在这样寒冷的气候下，即使是身高两米、体重两吨的美洲野牛，也不能抗拒热泉的诱惑力。它们在热泉旁边建个安乐窝，美美地度过寒冬。殊不知为了这个享受，它们付出了沉重的代价。热泉里的腐蚀性矿物质渐渐地将它们的牙齿损坏。而失去牙齿功能的动物，无疑等于被判了死刑，因为它们不能吃草了，最终只能饿死。

在夏天，黄石存在着另一种危险。夏天的高温把森林烤得非常易燃。一旦受到雷击，或者在少数情况下由人为因素引起，漫山遍野的森林便燃起了熊熊大火。我经过一片片森林，看见枯干与绿树并存。枯干是火烧后的残留，绿树是新生的生命。大火把大片森林烧得一株不留，新树从何而来呢？这个不用人类来担心，树木自有神奇的抗灾本领。就拿黄石最常见的黑松来说吧。它结出特别坚固的果实，没有高温不打开；一旦受到火烧便把种子释放出来。黑松仗着这种种子，可以很快在火烧过的地方长出新苗，几年后便长出一片森林来。黑松与大火原来形成了这样一种特殊的共生关系啊！山杨有另一种延续生命的本事。它的地下根能长出新芽，而根是火烧不着的。山杨的根可以伸延到十四公里以外。再怎么厉害的地面灾难也无法灭绝这种在大地的怀抱里受到呵护的生命啊！

早期的人类看着大片森林被烧，手足无措，躲藏都来不及呢，哪敢救火？后来，聪明的人类终于攒足了强大的能力和足够的资源来与大火对抗。那些勇敢的消防队员的事迹更是受到世人的称赞。再后来，在一次次与森林大火搏斗后，人类终于豁然大悟：森林自古以来就是要经历火烧的啊，烧后会自己长回来的。于是，把聪明升华为智慧的人类又像他们原始的祖先一样，睁着眼让森林烧掉。可不，森林如愿以偿，在积累了很多枯枝后，就等着大火来做大扫除呢。

我在黄石行走，看到当地特有的野生动物，如麋鹿、野牛，甚至黑熊。麋鹿是草食动物，个头儿虽不如野牛那么大，但也相当可观，高一米多，体重达七百斤。雄麋鹿头上撑着好几个分叉的角，英俊威武。我看到一群麋鹿在河边安闲地吃草，头顶蓝天，身临绿水，浑然是天地间的一幅绝美图画。野牛会走到人的身边来，一副泰然自若的模样。即使是黑熊，也在离人几百米外的草地上游荡，人不扰它，它不扰人。能看得见的动物似乎都与人类有个约定，互不打扰。

只有那躲在森林深处看不见的灰狼，给这个美丽的环境带来一些诡异的感觉。灰狼原是黄石的土生动物，但人类由于对狼的恐惧和痛恨，一定要把它们斩尽杀绝。20世纪初，在人类的穷追猛打下，灰狼终于从黄石消失了。灰狼是麋鹿的天敌，灰狼没了，麋鹿便放心地在草地上徜徉。麋鹿在没有天敌的环境中自由自在地生长繁殖，数量逐渐增加，终于达到了自然界再也不能支撑的地步。这时候，人类想起了狼，意识到自然界的食物链是不可以随便抽掉一个环节的，尽管我们多么不喜欢这个环节。于是，灰狼又从外地被引进黄石。灰狼捕杀老弱的麋鹿，留下那些跑得快的麋鹿，使麋鹿在整体上健壮起来。这样说来，灰狼还是麋鹿这个物种的功臣呢。

灰狼毕竟不是人类的朋友。据说它们害怕人类。这个可以理解，因为人类拥有把它们绝灭的能力。所以，我们在黄石可以看到其他动物，但看不到灰狼。而人类毕竟不能摆脱对灰狼的恐惧，也不敢独个到偏僻的地方游荡。灰狼重新引进后，黄石增加了一层危险的氛围。

黄石是天生与危险结伴的，连黄石之美都是因为危险而存在的。假如把危险因素一一除掉，黄石还会是黄石吗？

让黄石给自然界去淬炼，黄石才能保持奇美。

三

人类把黄石还给自然界，只从那滚烫的热泉里取了一点样品，要寻找隐藏在那里的奥秘，寻找神奇的生命。

科学界以前一直认为生命是不能耐受高温的。普通人的体温一旦超过 37 度，就浑身不痛快。有的细菌比较耐热，但即使最能耐热的细菌也不能耐受 55 度以上的温度。所以，牛奶加热到六七十度就可以达到杀菌的目的，可以保存很久了。但这种观念终于被热泉研究打破。印第安纳大学的布罗克博士及其同事于 1969 年从热泉里发现了嗜热水生菌。嗜热水生菌喜欢在高温下生长，可以在 80 度的高温里生长！1976 年，科学家们从这种细菌细胞中分离出一种 DNA 多聚酶，叫作 Taq 多聚酶，它在接近 100 度的温度下还有活性。这种耐高温的酶将为分子生物学和生物医学带来革命性突破。那来自滚烫的热泉里的细菌的多聚酶，正在为人类的健康发挥着日益巨大的作用。此外，它还能帮助法医从一点血痕或体液中鉴定出凶犯，帮助考古学家从远古遗留下来的化石中复制出恐龙的遗传物质 DNA。所有这一切，都要归功于热泉里耐热的神奇生命！

看来，黄石不仅仅提供了一道道奇特的风景让人欣赏，还对人类有着很实在的重大贡献呢。

上面提到，灰狼捕食了老弱的麋鹿，对麋鹿的整体物种反而有好处。这就是所谓的丛林法则吧。但人类是不会愿意把这样的法则套到自己身上的，因为人类重视生命。一个人的生命，不管它多么脆弱，不管用什么样的代价，都要争取让它活下去。基于这样的精神，连热泉里都能弄出个对人类生命有重大意义的发现来。随着生物医学领域的不断进步，人类将一步步攻克疑难疾病，寿命逐渐延长。

其实，随着寿命的延长，人类的疾病变得越来越复杂、越来越难治。人类或许在将来能普遍活过一百岁，甚至两百岁，但不可能做到长生不老。再说地球也无法承载长生不老的任何生物啊。人的生命终究有个极限，它最终还是要受到自然规律的制约。到那时候，人类也许真的觉得活够了，也就放弃为延长寿命而抗争了。

看那黄石在不断地变化，黄石的万物在不断地生灭，人类何必追求永恒的生命呢？

四

或许，还没有等到人类把寿命延长到极限，自然界就要发生翻天覆地的巨变。

黄石就拥有翻天覆地的巨大能量。在210万年前、130万年前、64万年前，黄石地区发生过三次超级火山爆发。这种超级火山爆发的规模比一般的火山爆发的规模要大上千倍，受影响的地区特别大，受影响的时间特别长，甚至可以导致物种灭亡。黄石的三次超级火山爆发时间分别相隔66万年和80万年。现在距第三次爆发已经过了64万年，已经接近66～80万年的期限了。下一次爆发可能发生在十几万年后，也可能发生在明天。现在，黄石这个超级大火山似乎还打着呼噜沉睡着。

黄石地下的岩浆有多大呢？据估计，它长八十公里，宽二十公里，体积四千立方公里。如果发生大爆发，火山灰将覆盖整个北美，阻隔阳光射到地面。大半个美国和加拿大可能变成不适合人类居住的废墟。有一部分火山灰将高射入云，随风绕地球好几圈，整个世界都可能受到重大影响。

黄石这个超级大火山虽然现在沉睡着，但地下的岩浆足以将地下水加热，每天以热泉、喷泉的形式向地面输送无穷多的热量。也就是说，这些美妙的热泉、喷泉在给我们美的享受的同时，也在不断向我们提示地下有个巨大的威胁。此外，黄石每年都发生数千次地震，绝大多数规模很小，小到只有仪器才能探测到。地震能诱发火山爆发。1959 年，黄石发生过一次导致二十八人死亡的 7.5 级大地震。那次地震没有诱发火山爆发，但频繁的地震一直向我们提出警示。

虽然没人知道超级火山什么时候会爆发，但是人类不敢掉以轻心。为了监测火山活动，美国地质调查局、黄石国家公园、犹他大学于 2001 年联合组成黄石火山监测站。这个监测站后来规模扩大，共由八家机构组成。监测站的任务是预测火山爆发的时间，以便通知公众及时疏散。如果那一天到来，这将是前所未有的超大规模的疏散，如果有地方疏散的话。根据监测站最新的报告（2014），黄石的地震活动、地形变化、氦气散发（氦气是火山气的组成部分）都没有什么异常。我们暂时还没有危险。

希望下一次超级火山爆发时，人类已经拥有应付的能力了。

而现在，我们是带着悬念在欣赏黄石之美。在悬念之中，黄石更美。

高原时光

一

开车沿着平坦的 15 号高速公路向东北方向一路奔驰，前面忽然险峻起来，不得不小心翼翼，放慢速度。车从两块巨大的石头中间钻进去，再钻出来，人也就从内华达州进入犹他州地界了。一进一出，像被时间机器巨大的力量吞进去，再吐出来，出来时时光在几亿年前，科罗拉多高原随着地球板块碰撞，正冉冉上升。

高原广袤浩瀚，覆盖了犹他、科罗拉多、新墨西哥、亚利桑那四州。我在高原上驰骋，把车一直开到布莱斯峡谷的崖岸边。据说布莱斯峡谷虽有峡谷之名，却因中间没有一条主心轴河流，专家并不叫它峡谷。也许是几个峡谷连成一片，我干脆叫它大峡谷吧。站在崖岸边，放眼望去，大峡谷一望无际，远处的对面崖岸似乎连上蓝天白云。

眼前这片大峡谷叫作环形剧场，因为放眼两侧，通过一百八十度视角，可以将大峡谷的远近高低尽收眼底。剧场中千奇百怪的造型，正好任我演绎剧情。

剧情中的演员是无数红色的砂岩峰柱，形状各异，远远近近耸立在大峡谷中。它们是战士，那整齐排列的是一个班，那前后几列是一个连，那一大片是一个军团。那身材高大屹立一边的，是将军。那零星分布的，是侦探，是前哨。这边一师，那边一军，都身着红装，昂首挺胸，威武雄壮，枕戈待发。大战一触即发，只是难分敌友。

当我把眼光投向左边的崖岸，剧情发生了变化。崖岸上的峰柱庄严肃穆，顶上散发光芒，俨然是神光临。神居高俯瞰，把威严的眼光投向整个大峡谷，那些好斗的战士便都收敛起来，成了低眉俯首的信徒了。对立的双方以为互为不共戴天的仇敌，缠斗得不可开交，其实双方常常共受某种外来力量统辖。这种外来力量可能是神，可能是造化，可能是时间，可能是两个死敌共同的朋友，也可能是共同的敌人，操纵于无形之中，不留任何商量或抗拒的余地。

我把眼光从远处收回，投向近处大峡谷底，峰柱根部竟然有蚂蚁般的东西在移动，细看才发现那是同类——有人已经下到谷底，正在峰柱的缝隙间徘徊。原来人是可以走下去的。于是，我沿着弯弯曲曲的崎岖小道走向谷底。

在谷底，我走近峰柱，一副蚂蚁要来见识巨人的架势。我抬头仰望，似乎看到峰柱的峰顶与天齐高，一片红色围着一片光亮。我想仔细辨认峰顶与天空的分界，但那么高的地方显然不是我久看的地方，一片强光把我逼回。我只好把眼光收回，平视峰壁，直视每一根峰柱表面的粗犷凌厉。

同时，我也看清楚它们都伤痕累累。

科罗拉多高原原由坚硬厚实的外壳地层覆盖。几百万年前，外壳被水穿透，下面的砂岩失去保护，就此层层剥离，渐渐陷落，形成这摄人魂魄的大峡谷。峡谷里的峰柱再怎么高大，和崖岸比，已经低矮了不少。那是几百万年的水流涤荡，把它们矮化。每根峰柱上无一处平滑，条条道道，凹凸不平，那是水将它不断剥落的结果。

峰柱顶天立地，大峡谷壮阔无比，场面震撼人心。所谓震撼，无非是承受了太多。所谓壮阔，无非是沦陷得太深。所谓顶天立地，无非是经历了太久的蚀肤挫骨。而所谓神工鬼斧，则是天地间最柔软的水。给予时间，水能改变一切，不留任何商量或抗拒的余地。

我在大峡谷底部找到一条小河，不久前水刚流过。水干涸了，河道却轮廓分明，一直延伸到眼睛看不到的地方。我能想象到，它只是一条小支流，最终会延伸到大峡谷深处的某个河道。小河的河床上都是石块，它们都是从峰柱上剥落下来的。水一直在重塑着峰柱和大峡谷。明年春天雪化时，水还会再来，大峡谷还会下陷，峰柱还会转型。每一年，大峡谷都将呈现一种类似以往但又不同于以往的壮观。

二

高原广袤无边，似乎一望无垠，袒露一切。有时它也遮挡，当它遮挡时，后面肯定是有某种奇观了。车继续向东奔驰，直到一道高大而连绵不断的砂岩红墙挡在前面。车穿红墙的缝隙，转到它后面后，眼前是另一番景象——荒原上竖立着雄伟的山峰，山峰的顶部是凌空的峭壁。

山峰虽然高高在上，却不是自下而上升上来的。它们原是高原表层的一部分，埋在地下。高原的表层一次次被水冲刷，逐渐下降，有的地方成了今日的平地，有的地方继续陷落，成了今日的峡谷。走在荒原平地上，看它连绵不断，直接天涯，误以为它从来如此。其实它已经因为水土流失而降低了许多。没有降低的，成为伟大的山峰。伟大有无数平凡和低下作陪衬，平凡是平坦的荒原，低下是陷落的峡谷。

造化一直在摆弄高原。想当初，造化伸出无形的手，将盐层不断堆积于地下，将原本平坦而坚硬的高原外壳顶起。高原外壳不堪来自地下的压力，纵向断裂，变成一个个岩块。然后，造化伸出另一只手，引水将盐层抽到别处，让地面回复平坦。一起一落以后，地面看不出任何痕迹，本来完整的外壳却已经变成一些紧密挨着的岩块。岩块之间的裂缝永远无法修复了，为今后的分崩离析埋下了伏笔。当周围的沙土流失后，当裂缝间的碎石掉落后，那些岩块在造化的拨弄下，一块块轰然倒下。只是因为周围的岩块坍塌了，留下来的，在荒原上独立苍茫的，便成了雄视四方的好汉。好汉出人头地，是被逼出来的。

山峰似乎以一副怒目好斗的模样，欲与苍天比高低。其实，它们从来只有被摧损的份儿，没有还手的机会。每一次雷电都会让它们颤抖，每一季雨雪都会让它们剥落，每一年它们都在消损。这是一场不对称的搏斗，造化以无形的力量摆弄有形的砂岩，每每得手。当很多同道战友倒下后，孤独地屹立在荒原上不倒的成了英雄。英雄之所以成为英雄，只因为坚持住，没有倒下。

英雄好汉在苍凉的荒原上，收拾起断戟残矛，堆在脚下，插在头顶，化身为一座座丰碑。断戟记录了无数次与风雨雷电相抗衡，与无形造化相较量。残矛记录了无数次搏斗中，多少雄伟的战士悄然消损着，多少挺拔的战友轰然倒塌了。丰碑屹立在天地间，为了前仆的同伴，为了后继的自我。不倒便是丰功伟业，值得纪念。

丰碑最终还是会一座座倒下，这是它们的宿命。不过，那是几万年、几十万年以后才会发生的事吧。我有我的宿命，我的肉身见不到它们倒下。我不用为丰碑犯愁，丰碑比我伟大得多，只是受一种更伟大的力量制约而已。

三

我把车停在高耸的红色砂岩峭壁前，徒步穿过两面峭壁之间的窄缝，眼前豁然开朗，出现许多奇岩异石。沿着这些奇岩异石之间的土路往前走，来到一道弧形拱门前。所谓拱门，就是一面巨大石墙被打通后，留下上面的拱背横跨两边。此处拱门叫作风光拱门，在拱门国家公园里。

以拱门命名的国家公园里自然有许多拱门，每个拱门都是一道风光，眼前的拱门独得"风光"的称号，是因为小路曾经从它下面穿过，往前走可以看到更多的拱门，领略更多的风光。拱门是大自然打开的视窗，让人见识巨石后面的气象。

横跨在风光拱门上面的拱背石条又长又窄，似乎还有裂缝，随时可能坍塌。游人就是来体验这种潜在的危险吧。1991 年，拱门下的游人听到头顶上发出爆裂的声响，赶紧逃离，随后 180 吨石块从拱背上脱落，散落在拱门下。拱背没断，只是变窄变薄了。石块切断了小路，也切断了前面的风光。由于安全的考虑，担心更多的石块落下——其后确实又有两次石块落下——通过风光拱门的小路再也没有开通。时间只打开有限的窗口，然后关上，人碰上了打开窗口，就是机遇。

在几十公里外的峡谷地国家公园，我沿着另一条土路走到梅萨拱门前。这个拱门上面横着的拱背是沉重粗大的石条。顺着拱门的门洞往前望，哇，那是多么辽阔的大峡谷啊！大峡谷中近处奇峰突起，兀壁横坦，远处苍茫一片，连绵不绝。走近门洞往下望，忽然有种人在天上的感觉，知道什么叫上出重霄、下临无地。峡谷地国家公园的规模冠犹他州五个国家公园之首，也由于过于阔大，脚力难到，眼力难及，反而被游人冷落了。我脚力确实无法达到它的许多角落，看不到许多风光，但是即使只看到梅萨拱门背后的风光，就很知足了。

拱门的形成在于石壁下部被某种连绵不断的力量成年累月侵蚀而摧毁。石壁摧毁之时即是拱门形成之时，没有摧毁也就没有形成。造化的运作很残酷，奇美的风光在摧残中诞生。

摧毁与形成同时发生，两者互相依赖，这原是宇宙运行的恒理——物质守恒，能量守恒。如果没有失败者，哪来胜利者？如果没有生命牺牲，哪来食物养育生命的成长？从另一个角度看，成功孕育着失败，生长孕育着毁灭，社会开发孕育着环境破坏。即使人类文明的巨大发展，也孕育着巨大的危机。谁能保证，没有毁灭于灾荒或瘟疫的人类，最终不会毁灭于先进的技术？

高原上有许多拱门，每个拱门都打开一个视窗，让人探看背后的风光——往前看有更多的拱门，往下看有辽阔的峡谷，往上看有深邃的云天。

每个拱门都有其开始之时，也有其结束之时。横在每个拱门上面的拱背最终也会坍塌。在我们的时代之前，无数的拱门已经坍塌；在我们的时代之后，我见过的拱门也将坍塌。而我们的时代见证了有些拱门正在坍塌，风光拱门可能在我有生之年会坍塌。总之，拱门曾形成于部分坍塌的过去，将毁灭于完全坍塌的将来。在始与终之间，是时间开合的一段视窗。拱门只在时间规定的视窗内存在于世。

时间的视窗将拱门呈现于世人面前，空间的视窗让世人得以窥探石墙后面的奥秘。

来世上走一趟，生命有始有终，在始与终之间，只是短暂的时间的视窗；在拱门下仰观片刻，有来有去，在来与去之间，更是微乎其微的时间的视窗。我利用时间的视窗，透过空间的视窗，看到云天，看到大峡谷，看到少为人知的风光。

拱门大概留不住我的足迹，就如雪泥留不住鸿爪，但我心中留下了拱门和从拱门获得的视野。属于我的，不计多么短暂，不计多么微乎其微。

四

我从西向东横穿犹他州,在恢宏大气的高原上,在奇伟壮丽的景色中,心灵被震撼过,胸怀被激荡过。下一步该找个地方沉静一下了。于是,我往南折,进入亚利桑那州,进入纳瓦霍印第安人的领地。印第安导游把我领到岩壁前,从一道细窄的入口进去,里边别有洞天。这便是羚羊峡谷了。

羚羊峡谷长度大概只有几十米上百米,迂回曲折。宽处只能容得五到十人,窄处则只能容得一两个人。两边的砂岩壁呈高原的原色——红色。砂岩壁或明或暗,随着峡谷朝天开口处的宽窄而变化。砂岩壁上的横纹粗细相间,它们是高原的年轮,每一道记载着多少时光的积压。砂岩壁上的纵纹和斜纹起伏翻腾,它们是峡谷特有的胎记,每一道记录了洪水冲击的力度。

来势迅猛的洪水不时冲入峡谷中。如果洪水来时有人恰好在里边,便要被抛起摔下,吞噬淹没。洪水来来去去,来时汹涌澎湃,去后留下火一样的色、血一样的彩。洪水大概重复冲击了几万年,或者几十万年,峡谷逐渐舒张开来,塑造成眼前的模样。

人入峡谷,躯体如被卷入洪水的漩涡。那波浪形的岩壁,峰回路转,此起彼落,颠倒旋转,舒展压迫,人在四面撞击中。岩壁的色彩,明暗交错,如火如血,如梦如幻,人在变化莫测中。如果人经得住四面撞击,经得住变化莫测,心便是沉静了。

羚羊峡谷是以前印第安长老静思之地。在寂静的洞中,偶尔有羚羊探头进来,别无他扰,该是了无俗虑的地方,正好格物致理,上探碧落,下究黄泉。当然,现实中的许多问题,诸如天灾人祸、生老病死,甚至随时会冲进来的洪水,都一并融入面壁之中了。

洞中数日,世上千年,在羚羊峡谷中体验到的时光很不一样。

峡谷朝天的开口很狭窄，平常阳光照不到底。但在正午时分，太阳直接从缝隙照到峡谷底的沙地上。我已在洞中等候它的到来。开始时沙地上出现一个火柴盒大小的长方形亮片，亮片逐渐扩大，从洞顶照进来的光柱也逐渐变大。我把照相机装在三脚架上，按下快门，照下不断变化中的光。咔嚓——咔嚓——咔嚓，光随着每一次快门声响在变大。

我用肉眼看见光在变化。

我们看到日升月起，知道一天过去了；看到花开雪落，知道一年过去了；看到大峡谷，知道几百万年过去了；看到科罗拉多高原，知道几亿年过去了。不管是一天还是几亿年，我们知道许多时光过去了。我们在事后才知道时间过去了，只是很难捕捉到眼前一分一秒的时光是怎么移动过去的。谁看过一分一秒的时光在移动吗？我看到了。在羚羊峡谷中，在正午时分，在太阳光线投进峡谷时，在每一次按下快门后，我用肉眼见证了时光在移动。

移动的时光其实是在流逝。

高原以一种无声的方式告诉我，流逝中应当有获得，就像它告诉我，峰柱在剥落时塑造，山峰在坍塌时挺起，拱门在摧毁时形成，羚羊峡谷在淹没时舒张，就像它告诉我，高原风物在灭亡中诞生。我在时光流逝中寻找我该获得的东西。

人 与 兽

在一个夏日下午，我来到罗马，登上角斗场。几十米高的台座，依然耸立；五百多米长的围墙，依然坚固；经历了两千年的侵蚀和毁坏，外壳依然完整。但是，往日的金碧辉煌，已然消褪成灰色；看台和竞技场，已然千疮百孔。它是一个完整的古迹，也是一座破碎的废墟。

假如它真是金碧辉煌的角斗场，那么应当有一场惊心动魄的斗兽表演正在进行。斗士手持标枪，向大象投去。标枪一根一根插入厚厚的象皮，将一只庞然大物，插成刺猬，轰然倒地。然后斗士去杀狮、虎、豹、熊。这座角斗场开张时，举行了一百多天的庆祝活动，共杀了九千只野兽，血流成湖。

假如它是名副其实的角斗场，应当有一场兽吃人的表演。表演者扮演那个偷了火种给人类，因而触怒万神之主的天神。他因触犯天条，被锁在山上的石头上，他的肝被鹰啄食，啄去一块，明日长回，长了再啄，日复一日，年复一年，承受着无穷无尽的痛苦。这是一场表演，也是一场行刑。受刑者被绑在十字架上，鹰则由野猪替代。野猪将他的肉一块一块咬去，他无法像天神一样把肉长回，终于死去。

我庆幸它已破碎，不再是真正的角斗场，否则我会在这里观看人斗兽或者兽吃人的表演。大象被标枪一支一支刺伤，我不知道它有多疼，只知道自己会万箭穿心。囚徒的肉被野猪一块一块咬去，我不知道他最终还有没有知觉，只知道自己会肝胆撕裂。即使眼睛能承受血腥的场面，内心也无法承受自责，观看杀人而不制止，相当于同谋杀人啊。

但在当时，罗马人不会自责。他们不但观看人斗兽、兽吃人表演，也观看人斗人、人杀人表演。在当时，还应当有两个角斗士正手持兵器，打得难分难解。他们必须打出胜负，斗败者的命运交由观众决定。场上五万名观众，抢臂鼓噪，大喊该死该死。这时，斗败者必须忍着伤痛，站起身来，接受最后一剑，血流在阳光下闪耀，身躯在雷鸣般的欢呼声中倒下。

角斗士的身份是奴隶，没有人身自由。他们首先由专门学校训练，并等待着有一天出去表演，去杀人，去被杀。我参观庞贝废墟时，曾经从一个角斗士学校穿过。那是一个现在看起来不太起眼的地方，中间的训练场跟大球场没有太大的区别，四周由他们居住的小房间围起来，等同监狱。训练除了格斗技术外，还包括死亡风度——无怨言、不退缩地接受死亡。角斗的胜者接受奖品，赢得下次再斗一场的机会。败者的命运由观众决定，被赦免、或被杀死。如果决定是死，那么他得有风度，不示弱、不求饶，即使身上已经没有一点力气，也得举起指头，指着脖子，照这儿来一剑。这样一来，这种直面死亡的表演便显得完满，观众得到充分的娱乐享受，同时心里充满勇气。

角斗场上，人当野兽，野兽当人。当时，罗马人将外族称为野蛮人，认为自己代表最高程度的文明，自己的娱乐是文明的体现。当时的罗马人，在那种氛围中，不会有现代人的心理负担，会很享受这场娱乐，心里充满的勇气。罗马人需要这种娱乐和勇气。

罗马人需要这种娱乐，来冲淡灾难带来的晦气。罗马虽然强大，但难敌天灾。在公元79年（角斗场建成的前一年），位于意大利西南部的维苏威火山爆发，摧毁了两万人口的庞贝城，严重破坏了几个其他海滨城市。次年，一场三天三夜的大火烧掉大半个罗马城，其后瘟疫又蔓延开来。提图斯皇帝下令举行历时一百多天的角斗场开场典礼，也算是给帝冲喜了。

罗马人需要这种这勇气，去鼓舞斗志，去抵抗，去征服。罗马的兴起曾经受到重大挑战，与地中海南边的强国迦太基从公元前3世纪开始，为争夺霸权发生了三次布匿战争。虽然三次战争都以罗马胜利告终，但是在第二次布匿战争中，迦太基主帅汉尼拔率六万大军绕到罗马后面，穿过阿尔卑斯山，从北边入侵罗马本土，纵横驰骋十六年，使罗马陷入深深的危机，从而也激发他们的尚武精神。角斗就是从那个时期兴起的。三次布匿战争后，罗马成了地中海地区的强国，开始将铁骑踏到意大利本土以外，攻城略地，扩大成一个大帝国。韦斯巴申皇帝就是靠镇压犹太人起家的，罗马角斗场是用从犹太国抢来的财富建起来的，角斗士中不乏犹太俘虏。罗马人为了维持这种尚武的精神，即使是在庆祝娱乐活动中都要大玩搏斗。

五万观众，上至皇帝、贵族，下至平民，甚至贫民，全民投入，把野蛮表演变成流行时尚。当野蛮成为全民时尚，它就不是权贵个人的变态嗜好，而是暴露出人性中的某种共性了。人类既有野性，也有柔性，人性是野性和柔性的综合体。

野性表现为暴力、对抗、征服、奴役；柔性表现为团结、友爱、关怀、保护。它们是对立的两性，共存于人群中，也或多或少地共存于个体中。人类的野性和柔性是长期进化过程中受适者生存规律所制约而发展起来的。如果早期人群中都是只有柔性没有野性的人，他们即使不被野兽吃掉，也会因为不猎杀野兽而饿死，或者被同类杀死。如果人群中都是只有野性没有柔性的人，他们一定无法共存，最终会拼个你死我活，同归于尽。这两类假设的人群，都无法持续发展生存下来。只有既有野性又有柔性的人群，才能对内和平相处、对外攻击和抗拒攻击。因此，在与环境和同类相处几十万年而生存延续下来的人类，便由于外界选择的压力而具有野性和柔性。

野性在对抗外部威胁上有积极意义，但是对人群内部的潜在危害也相当大，因此一直受到压抑。野性过大的个人被看成害群之马，被监禁、被处决。野性过大的统治者是暴君，最终要被推翻。人类因而发展出道德谴责野蛮，制定出法律制裁野蛮，尽量把人的野性限制在一定危害范围内。但是，野性毕竟是天性，只可限制，不能铲除。两千年来，人类经历过无数次大规模野蛮行为带来的极大灾难，暴力、恐怖、战争、屠杀、迫害从不间断。时至今日，崇尚和平，厌恶暴力逐渐成为人类的共同理念。

眼前的废墟是辉煌帝国的缩影。帝国是人建立起来的，也是人摧毁的。因为人性强大而又脆弱，所以帝国强大而又脆弱。因为人性既有柔性又有野性，所以帝国既有柔性又有野性。当强人和脆弱发生碰撞时，当柔性和野性不能调和时，人心便是荒漠，帝国便要崩溃，角斗场变成了外观完整内部坍塌的废墟。

我来看这完整而又破碎的废墟。我不愿意看到它太完整，完整的角斗场会有真实的表演；我也不愿意它破碎得无踪无影，没留一点缅怀的余地。历史已经翻过无数页后，角斗场废墟里的游人个个面目安详，丝毫找不到任何野性的流露。历史真的翻过那一页了吗？人类真能控制自身的野性吗？带着这些问题，走近那历尽沧桑已经暗淡的墙壁，似乎总有两千年前留下的血迹无法冲洗去。风从墙边吹来，似乎夹杂着兵器的撞击声、野兽的嘶鸣声、人群的嚎叫声。

英雄与罪人

　　蓝天、白云、海浪、沙滩，加勒比海四季如春。多美尼加共和国位于加勒比海的西班牙岛。我挑中了它，除了因为它是个度假天堂，还为了要缅怀那位改变世界历史的哥伦布，他在多美尼加留下了无可磨灭的印记。于是，在海水里游了趟泳、在沙滩上吹了一阵海风后，我便奔哥伦布灯塔去了。

　　徜徉在哥伦布灯塔下面，我感受到它的雄伟壮观。哥伦布灯塔不仅仅是灯塔，它还是座大纪念馆，自 1948 开工，到 1992 年完工，花费七千万美元，于纪念哥伦布发现美洲五百年时正式开放。这座纪念馆有多雄伟壮观呢？举个例子吧，灯塔的光线射向天空，连远在一百多公里外与其隔海相望的波多黎各都能看见。我在世界上见过几座灯塔，但没见过如此气派的。这灯塔的气派，是用来衬托伟人和英雄的。

　　灯塔下面是哥伦布墓。哥伦布死后，遗体根据他的遗嘱从西班牙移到多美尼加首都圣多明哥，葬在奥沙马河东边。在奥沙马河西边，他儿子地牙哥建了个总督府。哥伦布墓与总督府隔河遥相呼应。后来西班牙因为不愿意让遗体落入法国人手里，下令运回西班牙，但多美尼加现在坚持认为遗体还在墓中，并坚持为了对墓主的崇敬，不让开墓取样做 DNA 试验，验证真身。哥伦布的遗体是否还在多美尼加，已经不太重要，因为谁也无法否认他愿意葬在这里，谁也无法否认他在这里建功立业。

哥伦布是伟人、是英雄，这是举世公认的。整个世界都在纪念他、歌颂他、崇拜他，因为他开辟了新世界，给整个世界带来巨大变化。在他之后，西班牙、葡萄牙、英国、法国、荷兰等欧洲国家相继建立起跨大洋的帝国，而美国的崛起则是其结果。没有哥伦布的创举，这些都不可能。哥伦布生前闻名欧洲，死后更是闻名世界，直到今天还是如此。现在，除了加拿大外，所有美洲国家和西班牙都有个哥伦布节，一年一度纪念他。一个人拥有一个节日，在中国只有一个，他是屈原，节日叫端午节。哥伦布节不是一国之节，而是许多国之节。还有很多地方和机构以他命名。美国的首都以哥伦布命名，正式名称叫作哥伦比亚特区（非正式名称叫作华盛顿）。哥伦布声誉之高，无人能比。

哥伦布的探险成功，影响到世界的每个角落，包括我的家乡，影响到每个人，包括我的存在。由于哥伦布开辟了新世界，番薯才得以从美洲传到福建，传到我的家乡，成为家乡的主要作物，使得家乡的一千多亩薄田释放出巨大的生产力，竟然繁衍了一个三千人口的大村。如果没有哥伦布，我的直系祖先恐怕早就因饥荒而断代，或者迁移外乡，我也就没有出生的机会了。这不仅仅是关系到我一个人或者一个村的小事。哥伦布之后，土豆、玉米、番薯才得以从美洲传向全世界，救活了无数饥荒中的人。由于哥伦布发现了新世界，我才有机会到美国求学、谋生、安家落户。这不仅仅是关系到我一个人或者一家人的小事。哥伦布之后，才有现代规模的几十个美洲国家和十亿美洲人民。

徜徉在哥伦布灯塔下面，想起历史学者克罗斯比在 1972 年提出的哥伦布交换理论，哥伦布给东半球与西半球带来生物、人种、文化、疾病、思想观念的大规模交流。哥伦布交换并非给所有人都带来福祉，它将旧世界的瘟疫带给美洲每个角落的印第安人，引起灭种或近乎灭种的灾难。

我在哥伦布灯塔下面乃至在多美尼加各地，看到白种人、黑种人，甚至少数像我这样的黄种人，但是看不到西班牙岛原住民台诺人。西班牙岛原住着几十万人台诺人。哥伦布来后三十几年，台诺人大多死于疾病，基本灭绝。西班牙人带来欧洲的疾病，新世界的土著从来没接触过，因而没有免疫力。到了1519年，也就是哥伦布首次登陆二十七年后，西班牙岛上的台诺人只剩下一万一千人。这一年，从欧洲传来的天花又夺去八千台诺人的生命。剩下的人逐渐死去或被同化。西班牙岛北边的巴哈马群岛、南边的古巴和东边的波多黎各，土著的命运也基本类似，在几十年内基本灭绝。台诺人基本上从他们的家园消失了，剩下少数几个，则被同化、被混种。一个种族，就这样消失了。哥伦布去世后，在南美和北美两大洲生息了一万多年的几千万名印第安人，还会继续付出类似的代价。

哥伦布一共航行到美洲四次，时间分别是1492年、1493年、1498年、1502年。西班牙岛为哥伦布的安营扎寨根据地，后来成为西班牙人征服中美、南美的号令中枢。哥伦布被西班牙王室任命为首任总督。当哥伦布于1492年首次登上加勒比海海岛时，身边只带着几十个船员，他觉得台诺人很温和，不知什么叫邪恶；他们也不杀人，不偷窃。世界上没有更好的人了。当他于1493年第二次来时，从西班牙带来了一千多人。这一次，他是来统治了。他要求台诺人交纳贡品，按人口交纳。他规定每个十四岁以上的人每三个月交纳一次黄金，没有黄金则交纳大量棉花。不交纳便把手砍断，直到血流完而死。当他于1498年第三次来时，他干脆把台诺人当奴隶使用，任意驱使、奴役、买卖。

把台诺人的消失归罪于哥伦布似乎不太公平，因为他并不知道所带来的疾病会灭绝台诺人，他也不愿意灭绝台诺人。不愿意灭绝台诺人，并不因为他是善人，而是因为他想奴役他们。

如果台诺人还在，应当不会怀着崇敬的心情来朝拜这位英雄。在他们眼里，灯塔要黯然失色，总督府尽是沧桑岁月无法洗去的血腥味道。在他们眼里，哥伦布不是英雄，是罪人。

可是当一个种族灭绝了，它就失去了后人，失去了评说的根基。现在的多美尼加人是非洲奴隶和欧洲人的后裔。虽然当时非洲奴隶的遭遇和台诺人的遭遇相差无几，可是几百年下来，他们的后裔早已混了血，早已接受了欧洲人的语言——西班牙语，接受了欧洲人的宗教——天主教，也认同了欧洲人的观念——哥伦布是英雄。他们和这块土地上原来的主人台诺人没有语言、文化、宗教的关系了，而血缘关系即使有，也非常非常淡了。他们知道几百年前一个民族曾经灭绝过，但那不是他们的祖先，他们的血液沸腾不起来，他们的胸膛愤怒不起来，他们心中没有仇恨。

我穿过多美尼加东南部的原野，看到天是那么蓝，海是那么青，地是那么绿。估计在五百年前，天也是那么蓝，海也是那么青，地也是那么绿。在热带风光中看不到的，是五百年前的历史大扭曲，导致岛上人种彻底更换。就为这个原因，要问哥伦布是谁的英雄，答案是这个岛上的很多人、世界上更多的人；要问哥伦布是谁的罪人，答案是已经没有人了。

我的祖先吃什么

　　我的家乡塘东村在福建泉州晋江的海边。家乡依山傍水，山上石头多，不太适合种粮食；海虽大，但捕鱼的人不多。山水之间勉强开辟出高高低低的一千多亩薄田，没有水田，不能种大米，主要是种番薯（地瓜）。番薯切成条、切成片，晒干后收藏在大缸里，村民常年煮地瓜干当主食。

　　村里有个池塘。南宋末期，我村的始祖迁到池塘之东定居，故有塘东之名。既然一个小小的池塘都还在，我相信村庄周围的地理条件七百多年来也不会有太大的改变，山还是那样的山，水还是那样的水。根据常识，有什么山水出什么粮食。我是吃番薯长大的，家乡的人似乎自古以来就是一直吃番薯的。

　　我如果一直生活在家乡，也许不会问祖先吃什么。但在美洲大地上生活久了，回望家乡的角度便有些不一样。有一天，我一拍脑袋，猛然意识到家乡在七百多年前不可能有番薯，因为美洲才是番薯的发源地，而那时美洲远隔重洋，没有来往。

　　那么，番薯是怎么变成家乡的主要食粮呢？为了回答这个问题，让我们追溯到我村的始祖定居下来三百多年后的1564年（明嘉靖四十三年）。这一年，两个人从不同的地方起航了。首先起航的是二十一岁的福建长乐人陈振龙，他自福州台江乘船往菲律宾北部吕宋经商。稍后起航的是六十三岁的西班牙人米格尔·洛佩斯。1564年

11 月 21 日，洛佩斯率领五条船、五百名士兵从墨西哥出发，横穿太平洋，经过九十三天航行，于 1565 年 2 月 13 日在菲律宾中部宿雾登陆。他于六年后到达吕宋马尼拉。当时，几百个西班牙人和一百多个中国人在此交集。

西班牙国王以前曾派麦哲伦于 1521 年横穿太平洋来过菲律宾群岛（那时还不叫菲律宾），为的是开辟航道。后来维亚罗勃斯于 1543 年也来探险，并以西班牙国王菲力普二世的名义把这个地方命名为菲律宾（菲律宾与菲力普发音相似）。洛佩斯这番航行，则是为了开辟菲律宾为贸易据点，和中国做生意。从此，白花花的银子源源不断地从美洲经菲律宾马尼拉流入中国，而中国的丝绸、瓷器、香料则经菲律宾被运往欧洲。夹在银子、丝绸、瓷器、香料这些珍贵物品当中，则是看似粗贱而毫无利润可图的番薯。番薯至少在五千年以前就被美洲的印第安人培植。西班牙人准备长期经营菲律宾，因而从美洲引进了包括番薯在内的农作物。番薯深受当地人喜爱，在菲律宾遍地开花，落地生根。

陈振龙不是纯粹的商人。他考上过秀才，又关注民生，后来弃儒经商。考中秀才那年，福州巡抚观风至长乐，问诸生有关备荒诸策，他对策合巡抚之意，名列第一。随着番薯在菲律宾传播开来，他有机会看到番薯漫山遍野地生长、生啃熟食皆宜，便敏锐地觉得它对家乡大有好处。于是，他于 1593 年（明万历二十一年）偷偷带着番薯种，用绳子系于船舷浮在海中，冒险闯过关卡检查，在海上航行七昼夜，把它带到福州。陈振龙及其子陈经纶同年在福州试种番薯成功，并上报巡抚金学曾。第二年，福建各地大旱歉收，金巡抚下令推广种植番薯。番薯对生长条件没什么苛刻的要求，比中国的主要谷物大米、小麦耐旱，因而在灾年仍有好收成，得以让无数人民渡过饥荒。

番薯很快传到了我家乡，而且在贫瘠的土地里扎下根来，成了主要食粮。算起来，这时候我村已经繁衍了大约十代，人口大概不多。在这之前，我的祖先种些大麦小麦大豆之类的农作物，再到海里抓些鱼虾蚶蟹，在人口压力不太大的年代还是可以对付过去的。有人到南洋谋生，例如，我村先辈蔡日锐到吕宋，时间可能比陈振龙稍早。番薯引进后，把那一千多亩薄田的潜力发挥得淋漓尽致，后来竟然能够承载三千多口人。想想那才够人均三分地啊！但由于番薯"亩收数十石"，"胜种谷二十倍"，即使人均三分地也够食用。

没有番薯，也就没有家乡如今的规模；没有番薯，我的直系祖先恐怕在哪一代就因饥荒断代了，我也就没有出生的机会了。

番薯的意义当然不仅如此，因为它后来逐渐传播到全国各地。除了陈振龙外，广东陈益和林怀兰分别从越南把番薯引入广东。但由于福建地方大员金学曾的大力支持和陈家历代子孙的大力推广，从福建传出的番薯传播得最快、最广。1796 年，清乾隆皇帝向全国下了"推栽番薯，以为救荒之备"的诏书。从此，全国各地更加广泛种植，番薯成为我国人民的主要粮食作物之一。想来家乡只不过是全国无数村庄的缩影。番薯不但拯救了家乡，也拯救了全国无数类似的村庄。明清时代，帝国基本上是由无数村庄组成的，拯救了无数村庄便是拯救了帝国。

陈振龙理所当然是引进番薯的大功臣，值得纪念。但是，我们在纪念陈振龙时一般不提洛佩斯。我们讲到番薯的来源时一般把眼光放在中国附近的菲律宾，而忽略了它的真正起源地美洲。

我因番薯在家乡的重要性对它感兴趣，但我对那个引进番薯的时代更感兴趣。如果把引进番薯当成一个时代看待而不是当成孤立事件看待，那么这个时代则是美洲对中国乃至全世界产生深远影响的时代。一些其他农作物先后从美洲辗转传入中国，包括马铃薯（土豆）和玉米。中国自汉晋以后到明初，都以大米、小麦为主要粮食。番薯、马铃薯、玉米在中国成了大米和小麦外的主要粮食，它们更能适应各种气候、土壤条件，占据未开发的丘陵地带，从而大大地提高了全国粮食总产量，并促使人口大幅度增长。中国自汉代到明初，人口上下波动，历朝最高人口鲜有超过五六千万人。随着这三种美洲农作物的引进，中国的人口才开始突破瓶颈，迅猛上升，清初超过一亿人，清末超过四亿人。中国在明清时代人口激增，翻了七到九倍。没有这些农作物的支持，中国凭十二分之一的世界可耕地怎能承载四分之一的世界人口？

这个时期美洲对中国的影响是多层次的。最基本的层次是生存。番薯、马铃薯、玉米不但解决了生存问题，还为中国增加许多人口。人有吃的了，就会想要调调口味。来自美洲的辣椒就满足这种需求。很难想象没有辣椒，四川菜还会是四川菜吗？回想四百多年前，中国不知道有辣椒，中国菜哪有这辣劲？味蕾得到刺激了，精神上也需要抚慰。于是，来自美洲的烟草给无聊的中国人填补了精神空虚。烟的危害是长期积累后才显露出来的，当初人均寿命低，烟对健康大概没什么影响。当然，还有上面提到的来自美洲的银子，支撑起明清帝国的庞大的花销，如修建长城、发军饷。

美洲对中国的影响远远不止如此。我们的正史津津乐道地记录着许多惊天动地的事件和可歌可泣的故事，如李自成起义、明朝灭亡、清兵入关等。可是有几人知道，这些重大事件的发生深受美洲的影响。来自美洲的大量银子终于引起通货膨胀，米价上升，种下社会动荡的根子。来自美洲的农作物导致中国人口大幅度上升，使本来就很庞大的帝国变得更大。这些农作物占据丘陵山坡，田地取代树林，引起生态恶化。通货膨胀、人口压力、生态恶化则使得大帝国变得很脆弱，容易因为自然灾害而发生巨变。

即使中国本来就有很多的自然灾害，也很可能因美洲的开发而引入新的变数。最近有研究指出，欧洲人把疾病带到美洲，导致印第安人大批死亡，大量土地没人使用，森林覆盖大面积上升。森林从空气中吸收了大量二氧化碳，削弱了大气层的吸热能力，导致全球气温下降。这就是气象史上的小冰期，发生在明清时期。气温下降导致大气中水分下降，引起旱灾。在1637年至1641年（明末崇祯皇帝时期），发生了近五百年来最严重的旱灾，对处于内忧外患的明王朝来说更是雪上加霜。在困境中挣扎的农民起义领袖李自成乘机冲出商洛山，大招深受旱灾之苦的陕西饥民，势如燎原不可扑灭，终于在1644年冲进北京城，逼得崇祯皇帝自尽，灭了明王朝。在山海关抵抗清兵的吴三桂则因李自成的大将刘宗敏夺了爱姬陈圆圆，冲冠一怒为红颜，引清兵进关，打败李自成，夺走了大明江山。

美洲是欧洲人发现的。如果说中国和欧洲都一样享受了美洲的新物质、新品种及承受其后果，那么有一点是不一样的。那就是，欧洲基本上是主动的，中国基本上是被动的。欧洲主动在美洲征服、开发，然后又到中国附近来贸易，都是长途的行动。中国则是等着送货上门来。陈振龙把番薯引入中国，是主动的行为。但这事发生在西班牙人把番薯引到中国附近的菲律宾的基础上。主动与被动决定今后双方力量的消长，决定哪方占优势。欧洲人到美洲和亚洲都是长途航行，相当辛苦，不像中国以逸待劳，占尽便宜。但这种辛苦促进他们想法改进技术，从而带来工业革命，带来社会经济大发展。贫穷的欧洲一跃变得强大，而本来强大的中国却原地踏步。双方后来干戈相对，中国败北，成为国人一百多年来心头挥之不去的耻辱悲愤。

不过，我们不能总是以耻辱悲愤的态度去看历史和社会发展。

以前读历史，总有种感觉，这四百多年来欧洲上升而中国下降。其实是，欧洲上升得快，中国上升得慢；中国虽相对落后，但有进步。这种相对落后中的进步和绝对落后有着本质上的区别，相对落后中的进步也是进步。慢慢进步，积少成多，积累了四百多年，那可是大进步了。这四百多年来，番薯引进了，其他作物引进了，科学技术引进了，思想观念引进了。它们在中国广阔的大地上，在深厚的历史文化传统中渗透。它们把中国推出了旧帝国的框架，推上现代化发展的道路。

当西方的发展最终遇到瓶颈而放慢的时候，中国还在进步，正在努力赶上，逐渐成为世界强国。

千古岳阳楼

　　每每在世界各地看到古迹，我会想起许多中国古建筑的命运。看到埃及金字塔、雅典卫城，我会想起阿房宫，阿房宫在两千多年前还没有建成时就被烧掉了，不留任何痕迹。看到玛雅奇琴伊扎神庙、印加帝国的马丘比丘古城，我会想起屹立在洞庭湖畔的岳阳楼。世界上这些古迹和岳阳楼一样，都是历尽沧桑，存留至今。但是，它们又很不一样，那遗留下来的部分确实原汁原味，不像岳阳楼屡修屡毁。究其原因，这些世界古迹都是石头建筑，不易毁坏，而岳阳楼乃至那些和阿房宫一样消失的中国古建筑，却是木材建筑，容易坍塌。

　　岳阳楼虽然容易毁坏，它的生命力却不输那些石头建筑古迹。人们硬是不愿意让它消失于尘土，屡毁屡修。它已有将近两千年的历史了，唐宋元明清等历朝都给了它不同的模样。模样变了，岳阳楼还是岳阳楼。生命也是这样，模样随着岁月的递增而变化，生命还是生命。岳阳楼的生命力不在于建筑材料的坚固耐久，而在于它的人文精神历久弥新。

　　为这人文精神写下浓墨重彩第一笔的人是南朝诗人颜延之，时在公元 426 年，颜延之眼前有显赫官场的诱惑，身后是老友陶渊明在田园殷勤召唤，他则身不由己地在朝代交替的浪潮中沉浮。当他刚刚被东晋末代皇帝的朝廷贬到荒蛮的始安郡（今桂林）后不久，又被刘宋的开国君主召回首都建康（今南京）。他回来路过岳阳楼，便约了老友湘州刺史张劭（张湘州）登上楼来，指点湖山，挥洒文字。那时岳阳叫作巴陵，岳阳楼叫作巴陵城楼，他便挥毫写下《始安郡还都与张湘州登巴陵城楼作》：

> 江汉分楚望，衡巫奠南服。
>
> 三湘沦洞庭，七泽蔼荆牧。
>
> 经途延旧轨，登闉访川陆。
>
> 水国周地险，河山信重复。
>
> 却倚云梦林，前瞻京台囿。
>
> 清氛霁岳阳，曾晖薄澜澳。
>
> 凄矣自远风，伤哉千里目。
>
> 万古陈往还，百代劳起伏。
>
> 存没竟何人？炯介在明淑。
>
> 请从上世人，归来艺桑竹。

诗中，岳阳楼揽括河山，涵盖天下，长江、汉水，衡山、巫山，尽收眼底，三湘、七泽，全入心胸。想起自家飘忽的身世，面对气势磅礴的云梦泽（洞庭湖古名），诗人从远大的空间中感到凄凉：凄矣自远风，伤哉千里目；从悠远的历史中看到波折：万古陈往还，百代劳起伏。于是，他暂时把心灵交给田园，也要归来艺桑竹，忘却自己的脚步正在回归朝廷的路上。

通过这首诗，诗人将岳阳楼的价值转换了。在这之前，岳阳楼只是一座阅军楼。公元 215 年，东吴统帅鲁肃为了在洞庭湖操练水军，在湖畔建造了这座阅军楼。在这之后，岳阳楼获得了丰富的精神内涵，从可以使用的实用场所变成了精神依托。在精神上，它和世界上那些难以磨灭的石头建筑相比，已经不在同一个层次了。诗人为岳阳楼构建了全新的框架：岳阳楼不只是一座楼，而是四面的湖山、浩瀚的宇宙、个人的沉浮、天下的安危。后代的文人们继续为这个框架添砖加瓦，文字为砖，情怀为瓦。

唐代大诗人李白登上楼来，为岳阳楼添加了诗篇《与夏十二登岳阳楼》：

> 楼观岳阳尽，川迥洞庭开。
>
> 雁引愁心去，山衔好月来。
>
> 云间连下榻，天上接行杯。
>
> 醉后凉风起，吹人舞袖回。

李白当时五十九岁，刚刚在流放途中白帝城遇赦，"朝辞白帝彩云间，千里江陵一日还"。他乘快意未消，来到下游不远处的洞庭湖畔，登上岳阳楼。大雁把烦恼带走了，青山把好月衔来了，睡觉的地方在云里，喝酒的地方在天上，诗人的心情真爽！后来范仲淹在《岳阳楼记》中说到美好的天气给人带来好心情，"登斯楼也，则有心旷神怡，宠辱偕忘，把酒临风，其喜洋洋者矣"，在李白这诗中已经有先例了。

唐代的另一位大诗人杜甫也登上楼来，为岳阳楼添加了诗篇《登岳阳楼》：

> 昔闻洞庭水，今上岳阳楼。
>
> 吴楚东南坼，乾坤日夜浮。
>
> 亲朋无一字，老病有孤舟。
>
> 戎马关山北，凭轩涕泗流。

杜甫当时五十七岁，在动乱中度过一生，但他胸怀博大，湖山随之阔大。在杜甫之前，有诗人孟浩然描写洞庭湖"气蒸云梦泽，波撼岳阳城"。杜甫更是超越，诗句"吴楚东南坼，乾坤日夜浮"，让一个洞庭湖盖过整个宇宙了。面对如此壮观的湖山，诗人还是悲从中来，因为"亲朋无一字，老病有孤舟"啊。后来范仲淹在《岳阳楼记》中说到对景伤怀，"登斯楼也，则有去国怀乡，忧谗畏讥，满目萧然，感极而悲者矣"，在老杜这诗中也已经有先例了。

古人为岳阳楼写下许多触景生情的诗篇，各自都是名篇，它们集合在一起则为某种更高层次的人文精神做足了铺垫。中国的人文精神要进入新的境界，岳阳楼即将升到新的高度，其契机是重修岳阳楼。岳阳楼由于其建筑材料并不如石头那么坚固耐久，要不断翻修，而翻修时正好给人提供了思考和感悟的机会。

重修岳阳楼的官员是滕子京，他和范仲淹是战友，同为北宋王朝守卫西北边疆，抵抗西夏王朝的骚扰。边境安定后，他俩回到朝廷，却被贬为地方官。滕子京被贬到巴陵郡后，将那地方治理得"政通人和，百废俱兴"，便重修岳阳楼，请被贬在邓州的范仲淹写文章纪念。滕子京重修了岳阳楼，范仲淹则赋予了它崇高的精神境界。于是，世上便有了不朽名篇《岳阳楼记》。

《岳阳楼记》的前半部分历来备受称赞。不过，写那"衔远山，吞长江"的气概，与"气蒸云梦泽，波撼岳阳城"诗句相比没有超越，与"吴楚东南坼，乾坤日夜浮"诗句相比更没有超越。写那淫雨霏霏、阴风怒号所引起的忧谗畏讥，满目萧然的悲情，和那春和景明、皓月千里所带来的喜气洋洋，也没有超越前人的框架。这些都只是前人套路，只是铺垫，范仲淹的高度不在这儿。他将笔锋一转，整篇文章才开始升华，先是"不以物喜，不以己悲"，继而"先天下之忧而忧，后天下之乐而乐"。

"不以物喜，不以己悲"，这是超脱了。我原以为，只有宗教家才能超脱，见己见物，都无自性，无实体，不生不灭，不悲不喜，进入空境。范仲淹的这句话却不是五蕴皆空，而是深深地扎根在人间。人在俗世而能超脱，到底给人一种真实的感觉。

"先天下之忧而忧，后天下之乐而乐"，这是精神的升华。孟子曾提出"穷则独善其身，达则兼济天下"的道德标准。这个标准已经很崇高了，只是还留了个独善其身的后路。范仲淹的标准则更加崇高，不讲条件，不留后路。

"先天下之忧而忧"，似乎可以做到，虽然只有少数人可以做到；"后天下之乐而乐"，其境界可就遥不可及了。如果说古往今来有多少让天下忧的事情不足为怪，那么有没有让天下乐的事发生呢？好像还没有。时至今日，社会不知向前推进了多远，人民的生活不知改善了多少，但是令人满意的社会还没有出现。也许是由于人性所决定，社会再怎么进步，欲望总是无法满足，天下无法乐起来。

范仲淹为当时和后世立下了似乎高不可及的目标，但是人们从未放弃。有岳阳楼在，这个目标便如在眼前。《岳阳楼》记不是一个人的作品，它是一个民族的精神财富的积累。岳阳楼不只是一座不断翻修的楼，而是一个民族的精神寄托。于是，后世的诗人把岳阳楼当成朝圣的地方。南宋诗人陆游说："不向岳阳楼上醉，定知未可作诗人。"元代诗人虞集说："我来不为湖山好，只欠岳阳楼上诗。"所谓朝圣，是因为心中已经有了圣地。这些诗人，乃至中国人的整体，心中已经先有了岳阳楼，不管是不是亲身登上它。今天，世界上的人们涌向那些石头建筑的名胜古迹。不管他们怎么去感受那种壮观，体验那种神秘，他们必须去看那些古迹，那些古迹在眼外。而岳阳楼已经深入一个民族的心灵，那些石头古迹无法和它相提并论。

最近，我乘飞机前往湖南参加采风活动，在飞机上翻看王鼎钧先生的《古文观止演义》，正好读到他解读《岳阳楼记》的文章。他说："当你关怀众生的时候，你的忧愁扩大了，也疏散了，好像众生都来分担你的忧愁。"那么，欢乐呢？我想，你达到欢乐的目标升到似乎可望而不可即的高处，仍然不被放弃，而是受到景仰，那是众生共同的高度。虽然范仲淹没有预料到他的文章会让人在天空中解读，但是天空是它的高度。

在湖南，我们所乘坐的汽车从芙蓉镇驶往张家界，路程本来与岳阳楼无关。负责陪同接待我们的湖南省作协负责人娄成先生忽然来了兴头，用铿锵的语调为大家朗诵《岳阳楼记》全文："庆历四年春，滕子京谪守巴陵郡。越明年，政通人和，百废具兴。乃重修岳阳楼，增其旧制，刻唐贤今人诗赋于其上。属予作文以记之。……"车上的作家们都熟读过甚至背诵过这篇文章，他们默默地随他念到"噫！微斯人，吾谁与归"，然后欢声雷动。范仲淹一定没有预料到他的文章会让人在汽车行程中朗读，这是一种文化的延续。

如果我再去参观大漠上的埃及金字塔，我会说它"衔远漠"；如果我再去参观爱琴海边的雅典卫城，我会说它"吞大海"；如果我再去玛雅奇琴伊扎，我会说周围的森林"浩浩汤汤，横无际涯"；如果我再去参观印加马丘比丘，我会说它周围的群山天宇"朝晖夕阴，气象万千"。我会仿照《岳阳楼记》给它们一番描述。但是，我作为过客，说过的话会随我而去，了无踪影。只有他们的主人，才能赋予它们足够的人文精神。而它们的主人没有留下这样的话。许多文明是断裂的。

岳阳楼在规模上远远比不上它们，在耐久性方面也远远比不上它们。只是，岳阳楼是文化持续的代表，是人文精神升华的楷模。受益于中华文化的持续不断，岳阳楼得以不断翻修，历久弥新；中华文化受益于岳阳楼的存在，更加持续不断。岳阳楼已经不只是在洞庭湖畔的一座楼，它在湖南境内的任何地方；它也不只是在湖南境内的一座楼，它在世界的任何一个地方，在地上，在天上。岳阳楼在心中。

一水桃花千水红

一

淡饭稀汤，小巷平居，秦时衣物晋时戴；

云中世外，诗情画境，一水桃花千水红。

自从陶渊明写下《桃花源记》后，历代中国人心中都有个理想世界。我的心中也有个桃花源，因此才为它写下这副对联，才向湖南的亲友打听桃花源。要不要来看看桃花源？亲友们总问我。专门从美国到桃花源跑一趟，不是一件小事啊，让我想想吧。我该想想，为什么我的心中也有个桃花源？

还是先向亲友们了解一下吧。恰好有一位朋友，家乡就在湖南常德桃源县，多次去过桃花源。湖南桃花源与陶渊明笔下的桃花源像吗？朋友告诉我："是的，那里有桃花林，有夹岸数百步，中无杂树，有山口，有鸡犬相闻，与陶渊明文中相符。如果有些不一样，只是诗人把它美化升华，表达心中的理想罢了。"是的，湖南桃花源在晋时属武陵，正如《桃花源记》开头所言："晋太元中，武陵人捕鱼为业。"是的，湖南桃花源有个秦人村，建筑为秦时风格，而《桃花源记》中的人自己介绍"先世避秦时乱，率妻子邑人来此绝境"。如果陶渊明笔下的桃花源是真实的，此处就是了。

桃花源有什么呢？陶渊明着墨不多。武陵捕鱼人从窄窄的山口进去，走了几十步，豁然开朗，看见平地屋舍良田，听见鸡犬相闻，体验到那里老少怡然自乐。豁然开朗、鸡犬相闻、怡然自乐，短短的一段话中，陶渊明为我们留下了好几个千古不朽的成语。单靠这些成语，似乎不足以说明桃花源有那么大的魅力。桃花源有什么呢？我寻思良久，心中终于豁然开朗，就如捕鱼人走过窄窄的山口后的感觉。桃花源的魅力不在于有，而在于无。

翻阅前人解读桃花源的文字，知道这个无，古人早就发现了。宋代王安石以诗演绎桃花源："儿孙生长与世隔，虽有父子无君臣。"他提到了无，无君臣，一语中的。中国传统社会历来将父子关系和君臣关系绑在一起。其理论是，如果说父子是自然的关系，不可解除，那么君臣也应是自然的关系，不可解除了。可是在现实中，父可升为祖，子可升为父，但君不能可往上晋升，臣也不许往上晋升，这就不那么像父子关系了。一旦臣要变为君，必有一番天翻地覆的大变动，常常导致无数人家破人亡，流离失所。桃花源中无君臣，即无人为的大灾难。

和有君王的社会相比，桃源人是多么幸运啊，在人迹不到的地方安居乐业了六百年，无人干扰，只有一个武陵捕鱼人闯进他们的世界，出来后再也找不到当初的入口了。六百年中，他们没有经历合久必分所带来的大乱。当外面的世界呈现"白骨露于野，千里无鸡鸣"的败象时，他们听着"鸡犬相闻"。他们没有经历八王互争和五胡乱华。当西晋王朝分崩离析，世人在大批死去，不死的人不得不长途逃亡时，他们"怡然自乐"。只算秦、西汉、东汉、西晋几个王朝的末期动乱，每次人口锐减，高达三分之二的人死去，几次累计起来，一个人的祖先要经历这些动乱而不断代，那概率恐怕只有百分之一二了。桃源人逃过了一次又一次人祸，能不幸运？武陵捕鱼人之后，时间又流转了一千四百年，世人又要经历隋末、唐末、宋末、明末、清末、民国等动乱时期，一个人的祖先要经历这些动乱而不断代，那概率恐怕是少于万分之一了。桃源人都逃过了这些厄运。

即使不是末代动乱，君王统治下的人民也常常要承受重重灾难。他们可能被派去打匈奴，魂断大漠，正所谓"可怜无定河边骨，犹是春闺梦里人"。他们可能被派去修运河，劳累倒毙，无缘见识"春风举国裁宫锦，半作障泥半作帆"的大场面。他们可能是柳宗元所讲述的捕蛇者或者他的邻人。捕蛇者的父祖都被毒蛇咬死，他明知最终要步父祖后尘死于非命，仍然坚持要捕蛇。捕蛇上交朝廷，可以免交钱交粮。而种田的村人更惨，他们交不起税赋，贫困交加，饥寒交迫，生存者不到十分之一。桃源人也逃过了诸如此类的种种苛政压迫。

桃源人因为无君王而免去无数的灾难，因而也无法享受君王社会所产生的文明。他们不会有雄浑的唐诗。"秦时明月汉时关"，这样大气的诗句是多少被君王驱使的边卒用生命换来的。"感时花溅泪，恨别鸟惊心"，这样感触至深的诗句只能在凄风苦雨中诞生。他们不会有《红楼梦》。那洋洋洒洒的文字，蔚为大观的气象，不生活在温柔繁华之乡，不经历大盛大衰，是写不出来的。桃源人在避免了无数灾难的同时，也错过了无数文明的精彩。

当然，如果要以生命和苦难为代价去换取所谓的文明，桃源人肯定宁愿选择平淡的世外生活，身着秦时衣冠一直到永远。世上的一般大众，谁不做出同样的选择呢？即使这种选择是依靠逃避和隔绝才得以实现，也在所不惜。

二

如果有朝一日陶渊明笔下的桃花源被外界发现，桃源人将处于怎样的境地呢？他们会羡慕外界，还是外界会羡慕他们？他们会被外界接纳，还是会被摧残？这些问题让我想起了巴西的逃奴堡。

1605 年，非洲女将军阿克屯在战争中被俘，被当作奴隶卖到葡萄牙人的殖民地巴西。她带领一帮奴隶逃到巴西东部的山上森林中。凭借奴隶主难以到达的森林和地势，他们原可以过上桃花源式的生活。只是，这位女将军是刚果公主出身，具有领导才能，不是那种小打小闹的人物。她带领逃奴们建立起定居地——逃奴堡，名叫帕尔马雷斯。他们张扬招摇，不断吸收逃亡的奴隶，规模越来越大，人口高达三万，俨然是一个不大不小的王国。他们有社会结构，有君王。女将军的儿子格格·朱伯继位，当起了国王，后来王位被他外甥朱比夺去。几任领导人一直带领逃奴们捍卫自由，在葡萄牙人的攻击中不能过上安稳的日子。在坚持了将近一个世纪后（1630—1697），帕尔马雷斯还是被殖民地政府攻破了，首领朱比被抓获处死。

帕尔马雷斯被摧毁后，逃亡的奴隶分散成小股，散居在无数森林中的小逃奴堡（小村落），让葡萄牙人找不着。从那时起，逃奴们和外界真正隔绝了，开始了真正的隐居生活。这是怎么样的生活呢？他们以采集食物为生，到森林里采些野果，到河流里抓些鱼虾。他们不能开辟大片农田耕种，森林不适合搞大规模农业，即使森林适合，大片农田的目标也太显眼，容易被外人发现。他们为了宗教庆典在森林里跳舞唱歌，这就是他们的精神生活了。最重要的是，他们享有自由，不受奴役，过上桃花源式的生活，并且彻底被外界忘却。将近两个世纪后巴西废除奴隶制时（1888），外面的人根本不知道森林中生活着奴隶的后代。

可是，他们最终还是被发现了。他们先是被开发商发现。开发商向政府取得许可，获得了开发森林的特权，然后一路砍伐进去，发现里边住着人。政府可没有说森林里住着人，那么这些人就是偷占地盘了，得将他们赶走。逃奴的后代眼看自己的家园被说成偷占的地盘，没有任何力量可以抵挡。后来，社会开始意识到森林里可能是有主人的，才开始考虑他们的权益。那也是大约一个世纪以后的事了。逃奴的后代怎么为自己争得权益，怎么适应外界的现代化世界，他们还有一段很长的路要走。

世界上类似逃奴堡这种与世隔绝的村落很多，在中国也不时听说。他们的祖先不一定是奴隶，但可以想象是为了逃避奴役、追杀、灾难才迁居到与世隔绝或人烟稀少的地方。我家乡的先人们也是在陶渊明的时代为了逃避晋朝动乱才一路跑到人烟稀少的福建沿海。这地方山多地偏，要不是容纳许多人繁衍，恐怕也是桃花源式的世界了。

祖先以逃避和隔绝的方式争来自由生活的权利，子孙后代们需要加倍努力，还不知何时才能赶上现代的步伐，享受现代的物质和文明。这句话不仅适用于巴西逃奴的后代，也适用于桃源人的后代。

三

如果世上没有了桃源人要逃避的君王呢，还会有人向往桃花源吗？美国从来没有君王，似乎桃花源便没有什么吸引人之处了。但是，有些人硬是不愿生活在现代的喧嚣之中，他们向往逍遥自在，愿意在高度发达的主流社会之外追求一种类似桃花源的生活。

1967 年，八个美国人来到弗吉尼亚州路易莎县的一片人烟稀少的森林里，开辟出一个公社的雏形，名叫双橡。半个世纪过去了，双橡公社发展到一百人。公社拥有两三千亩田地，有自建的房屋，有自己的作坊。这些都是公有财产，公社成员基本上没有什么私有财产。

公社成员自己生产粮食，自己建房子，自己修理车。他们每周得劳动 42 个小时，从事生产、做饭、打扫卫生、建筑、修理、小孩养育，挣得工分，尽成员的义务。这叫各尽所能。他们有个衣服库，里边的衣服随便拿去穿，爱穿多久穿多久，穿腻了还回来，换别的衣服穿。此外，他们吃大锅饭、住公共宿舍、乘公车。总之，衣食住行等生活必需品都由公社免费提供。小孩教育和医疗服务也由公社免费提供。每月每人发几十美元补贴，用于购买一些非生活必需品。他们维持着低欲望、低消耗的生活方式。这叫各取所需。

双橡的章程上写着"各尽所能，各取所需"，它的成员都是自愿的，随时可以离开。这种自由，是他们所追求的。

双橡是现代人的桃花源吗？说它是一种逃避大概没错，只是外面的世界无意将它摧毁，或干涉它。说它是一种隔绝大概也没错，只是愿意知道它的人都能得到信息，知道它在哪里。说它的生活方式相对简单应当也没错，在一片广阔的天地里过着无忧无虑的简单生活，这正是他们的真正追求。

只是，这个貌似桃花源的公社没有完全脱离主流社会。他们有个银行账号，有十几辆车，这些都得和外界接轨。他们与外界做商品交换；他们生产豆腐和吊床，作为商品卖出去，所挣得的钱用来购买自己不能生产的商品。他们如果得了重病，还是要到外面的医院。他们的孩子长大了，还是需要上外面的大学。他们当中许多人只是来体验生活，不一定老死于此。公社有外面高度发达的社会为后盾，成员不再依靠严格的逃避和隔绝才能生存，这样的公社也许更接近桃花源的理想吧。只是，那些体验够了的公社成员如果想回归主流社会，他们得以无产者的身份从头开始，因为除了体验以外，他们一无所有。即使一无所有，他们可以依靠社会福利生活下去。如果说公社像是桃花源，它是个没有完全隔离的桃花源。

桃花源是理想世界，逃奴堡、双橡公社乃至人间的任何地方都不可能和它一模一样。理想世界不能触碰，碰触会毁坏它；理想世界不能细想，细想会把它拉回现实。最好是朦胧一些，童话一般。童话常常以王子和公主从此过上幸福的生活结束。在人间，即使是在高度发达的社会，没有人从此过上幸福的生活，理想世界中才有。所以，对桃花源不要深究，不要细论，最好一句话来概括：一水桃花千水红。

幻梦金鞭溪

山犹如地下冒出来的古剑，直欲刺破天宇，又像怒目圆睁的斗士，硬要碰个头破血流。张家界以奇异的山峰闻名于世，它是刚性的世界。群峰中藏着一条清幽的小溪，叫金鞭溪，它是刚性世界里最柔软的地方。

金鞭溪两岸郁郁葱葱，清清幽幽。我刚从峰顶踩着千百层台阶下来，身上还冒着热气，腿脚有些发软，忽然进入这么清幽的地方，真有点不适应，以为在幻境中。走在浅浅的水流边，水底每一块石头都看得清，水中游几条小鱼都算得准，这是一条浅浅的溪流。不时有山峰拔地而起，在高高的山峰下行走，忽然觉得溪流特别深。我一时搞不清它是深还是浅，恍若在梦境。这种境地，特别容易让人思绪飘忽，幻入梦出。

山峰逐渐幻化成粗犷的汉子，溪流梦化成妩媚的女子。汉子们横刀跃马，在黄沙迷漫中合拢，集合成两群战士，互相逼近，一场殊死的战斗即将开始。忽然，天边出现了一袭红色衣袍，一个绝色女子，骑在马上，弹着琵琶，款款而来。双方的士兵忘了敌人就在眼前，只管把弓箭放下，刀剑入鞘，直瞪瞪地看着她穿过阵前，飘然远去。漫天的黄沙随之消散，只见大漠孤烟直，长河落日圆。战士们或向南，或向北，打马回转，回到自己的土地或草原去了。

一个弱女子，肩负起消除敌意的重任，用琵琶化解了战争，使无数家人得以团聚，使大漠上少了无数风干的尸骨。双方的战士们回去过着和平的日子，将她的传说传扬，却不知道她独自在想什么。她在想，没有你们男人的对峙，我只是个默默无闻的平常女子而已。

没有这遍地的山峰环绕，金鞭溪只是一条普通的小溪。水是浅浅的，峰是高高的，水之浅和峰之高，两者似乎不相匹配。但是走在溪边，看着那悠然自得一往无前的流水，听着那叮叮咚咚的水声，又觉得高峰浅水是那么恰到好处。在高峰里，这条小溪不再平凡。

没有金鞭溪，张家界便只有群峰林立，峭壁凌空，气势恢宏，说到底只是一味大气，甚至粗犷，缺少几分俊逸、几分灵气。

溪流向时光深处流去，引我去拜见它的前身，那亿万年前的大水。此处曾经汪洋一片，然后浩荡的大潮慢慢退去，露出海底。那水升在天空，化作大雨，一遍又一遍涤荡大地。雨水冲开地面，冲出小坑，然后冲出大洞。地面上遍布高低不平的小坑大洞，满地疮痍。但是水并不停止，从天上狂泻下来，从地上奔流过去。亿万年后，原来的海底向下沉陷，形成新的地面，留下许多没来得及冲走的石柱，便是眼前这些山峰了。

我在世界各地看过许多山峰，大凡高峰多秃顶，山腰以上寸草不生。张家界的山峰正相反，峰壁皆是石块，表面笔直，如刀削过，只有峰顶盖着一片青葱。这便是它的奇异之处。这种奇异是水在亿万年中经过无数次的努力，一边破坏一边雕镂而创造出来的。

徜徉在溪边，随着溪流往峡谷深处走去，来到一座高峰前面。这便是金鞭岩了。金鞭岩不是一块巨石，而是一根峰柱，直插云霄。站在溪边，要仰面朝天才能看见峰顶。峰顶在亿万年前是海洋的底部，海水退后，是水一点一滴慢慢地将石英砂岩洗掉流走，它旁边的石头都这样消失了，留下一根峰柱屹立在溪边。水完成了创造山峰的壮举后，悄然隐退，留下这浅浅的溪流，以示它曾经的伟业。

金鞭溪因流过金鞭岩峰柱而得名，不过金鞭岩因金鞭溪的前身而得以屹立天地间。是水创造了山。在人间，这种大手笔需要超凡的女性才能完成。

在时光深处，一位佛国派来的女神飘然而至。那时，帝国的建造者刚刚扫六合，吞四海，将四分五裂的天下统一成一个帝国，便要在崇山峻岭中建造世界上最大的工程。他下令征集大批民工，命令他们搬动一块块巨石来建造长城。女神为了减轻民工疾苦，剪下一束头发，分给每人一根。一根头发便能赶动一块巨石。皇帝命人将这些头发收集起来，编成一根鞭子。鞭子法力无边，能把整座山都赶到长城边上来，故称赶山鞭。帝国的建造者建了长城后还想把山都赶到海里，移山成地，填海成地，扩大疆土。赶山填海的计划让海龙王大为担心，便想出一条对策来。

有一天，皇帝碰见一个貌比天仙的美丽女子，将她收为妃子。这位女子不是别人，乃是龙女，海龙王派自己的女儿来实施计谋了。洞房之夜，龙女频频向皇帝劝酒，让他喝得酩酊大醉，不省人事，然后用假鞭换走赶山鞭。第二天，皇帝发现妃子不见了，赶山鞭也被调换了，下令派兵追拿。龙女带着赶山鞭，不能疾跑，便将它丢在溪边。人们说这条溪便是金鞭溪，这个赶山鞭插入地中，岿然不动，成了金鞭岩。直插云霄的峰柱是女性的大手笔。

在人间，创造力之大，莫过于女性。在自然界，创造力之大，莫过于水。

英雄儿女情

一

彭玉麟是一个传奇。就地缘来说，他是湖南人的骄子；就时代来说，他是晚清的中兴栋梁；对于热爱对联的我来说，他代表中国古典文学最后的风采；对于许许多多钟情怀春的人来说，他则是情圣。

传说彭玉麟画梅万幅，是为了纪念情人。他于 1890 年辞世后，多种传说便翻成文字。

1917 年，徐珂在《清稗类钞》（情感类）中写了一篇《彭刚直眷梅姑》："邻女梅仙具殊色，慕刚直（彭玉麟谥号）才学，愿委身焉。将有成议，格于他故，遂不果。梅仙旋快快卒，刚直恸之，誓写梅花十万幅以报。"1918 年，易宗夔在《新世说》中有类似说法。

1923 年左右，俞剑华开始编撰《中国美术家人名辞典》，该书几经辗转于 1981 年才出版。其中有一段写彭玉麟画梅："一生所作不下万本，每成一幅，必盖一章曰'伤心人别有怀抱'，曰'一生知己是梅花'。盖幼年尝与戚女梅姑有白头之约，后女之父母将女另字，女殉情以报。"

梅花图流传下来了，梅姑、梅仙却在缥缈中。彭玉麟本人、他的师友曾国藩、他的行状（传记）作者王闿运都从不谈起，这些传说也就难以证实。随着年代的推移，传说版本越来越多。到了现在，不少人言之凿凿，津津乐道，用虚构的细节将此事装点得更加扑朔迷离。

传奇无须证实，但彭玉麟是个有血有肉的英雄，我想还他一个真实。

二

彭玉麟有没有情人？

1835 年，李宗邺出版《彭玉麟梅花文学之研究》，根据彭玉麟的诗句"修得梅仙嫁作妻"，考证出他的情人叫作梅仙。他把文学想象当考证，所以没有说服力。1946 年，罗尔纲写成《彭玉麟画梅本事考》，他也从诗中找证据，不是诗中想象的部分，而是事实的描写，如时间地点。

彭玉麟有两组诗，《感怀》二首和《梦亡友情话甚洽，口占志感》四首，写作时间相隔很久，但可以互相印证，最值得研究。

感怀（其一）

少小相亲意气投，芳踪喜共渭阳留。

剧怜窗下厮磨惯，难忘镫前笑语柔。

生许相依原有愿，死期入梦竟无繇！

黄家山里冬青树，一道花墙万古愁。

这是回忆情人的诗。他们曾经有婚恋之约（"生许相依"），但她已经死了（"死期入梦"）。他俩年纪相仿，从小在一起（"少小相亲""窗下厮磨"），地方在安徽安庆黄家山舅舅家（渭阳是舅舅的别称）。彭玉麟父亲彭鸣九是湖南衡阳渣江人，在安庆谋事，母亲王氏是安庆人。他在舅舅家长大，十六岁才离开。

感怀（其二）

皖水分襟十二年，潇湘重聚晚春天。

徒留四载刀环约，未遂三生镜匣缘。

惜别惺惺情缱绻，关怀事事意缠绵。

抚今思昔增悲哽，无限心伤听杜鹃！

这首进一步表明是在怀念情人，有"情缱绻""意缠绵""三生镜匣缘"等词语为证。彭玉麟十六岁离开安徽（"皖水"）回到湖南老家（"潇湘"），和这位情人分别十二年（"分襟十二年"），在湖南再次相见（"潇湘重聚"）。彭玉麟自称于辛卯年（查为1831年）离开安徽，十二年后应是1843年，那时他二十八岁。这次潇湘重聚以后又"惜别"，是生别；如果是死别，至少要说"痛别"。他们之间有个回来相见的约定，即刀环之约。刀环之约的典故是，汉使到匈奴，想要劝说李陵归汉，无奈单于在场，只能目视李陵的刀环，暗示还回，因为环与还同声。刀环之约是别后回来相见的约定。他们什么时候惜别呢？可能是重聚以后很快就分别，也可能是他们相聚一阵后才分别。

刀环约无法实现，有"徒留""未遂"词语为证。"徒留四载刀环约"，可能指他们分别时约定以后见面，时间未定，但在四年以后发生了重大变故，可能是她嫁人或死亡了，或两者都是。上一首诗提到"死期人梦"，指她死了。也可能指他们约定四年以后见面。为什么要在四年后呢？是彭玉麟出外做事，预期四年以后回来？但是，他在三年以后（1846）结婚了，还是在家的。这个可能性似乎不大。假设他们在重聚后很快分别，那么这个四年后是1847年。这个年份很重要，将在下面一组诗中得到印证。

梦亡友情话甚洽，口占志感（四首）

伤心阔别隔人天，已杳音容卅七年。

一夜相逢清梦好，依然欢笑若生前。

墓草青青万里遥，片时缱绻足魂消。

谈心促膝依依甚，一唱金鸡复寂寥。

一生一死见情真，梦里相逢分外亲。

却怪华胥无赖甚，不教人聚话来因。

人隔幽冥念未蠲，倏来入梦信因缘。

虎丘旧有三生石，愿觅生公一问禅。

这四首诗的写作时间提供了重要线索。它们收在岳麓书社出版的《彭玉麟集》里的《诗词卷五·续从征草》。此卷有俞樾按语："光绪癸未（查为1883年）奉命赴粤办防以后之诗，至乙酉（查为1885年）秋防务毕去粤而止。"所以写作时间为1883—1885年。罗尔纲断定为1884年所作，偏差不大，只有前后一年之差。是年彭玉麟以六十八岁高龄督师对法战争。

"伤心阔别隔人天，已杳音容卅七年。"亡友死亡的时间是三十七年前，正是1847年。从上面《感怀》诗中得知，他的情人可能死于1847年，互相印证。这四首诗中所言梦中亡友是死去的情人，有"片时缱绻足魂消""因缘""三生石"等词语为证。鉴于彭玉麟是个不滥情不近女色之人，妻子生前不纳妾，死后不续娶，他不可能同时有两个情人。这个情人死于1847年左右。

三

彭玉麟的情人是谁？

罗尔纲推断，彭玉麟死去的情人是他外祖母的养女。据彭玉麟自述，在离开安徽12年后，舅舅亡故，他立即派三弟前去把外祖母和她的养女接到湖南衡阳来同住，正合"皖水分襟十二年，潇湘重聚晚春天"诗句。

彭玉麟在《赎回皖城舅氏旧宅基新之以为春秋祭产喜而有作》诗中提到她:"人(指舅舅)亡此日空留屋,甥(指自己)小当时只倚姨。"这句有个附注:"外祖母有养女长予,赖以提携嬉戏。"这位养女比他年长,小时带他玩耍,他称她为姨。彭玉麟还注说明:"外大母年近九十,有养女未字。"她来湖南时未嫁。当时彭玉麟二十八岁,这位养女应当有三十几岁了吧。

罗尔纲进一步指出,彭玉麟的情人名叫竹宾,因为他写了一首诗,叫作《挽竹宾姨氏》。其逻辑是,既然称竹宾为姨,那么她就是外祖母的养女了。至于外祖母有没有另外的女儿,母亲有没有妹妹或堂妹,他没考虑进去。

其实,罗尔纲漏掉了一条重要文字。我发现彭玉麟在《瓯架山金盆托墓图记》一文中写道:"继而外王母养女竹仙,性温惠,知诗书,幼育于外王母,孝养如女,先妣待之如妹,字姚氏,以难产亡,归葬外王母侧。"他说得明白:养女的名字叫竹仙,不是竹宾。他还说明,母亲待她如亲妹,她嫁到姚家,难产而亡。她如果死于婚后两年,即1847年,属于合理推测。

彭玉麟在《王太夫人行状》一文中还讲到这位养女:"乙巳(查为1845年)春,经营迎养,其养女为择婿嫁之。□(缺一字)明年,外大母弃养,母哭之痛,旋为玉麟、玉麒完婚。"她在1845年嫁人,"明年"(1846年)外祖母亡故,然后彭玉麟和弟弟玉麒很快完婚。所以,她先出嫁,彭玉麟后娶妻。根据王闿运所撰彭玉麟行状,这位妻子是邹氏,因朴拙不受婆婆喜欢,彭玉麟后来与她分居。

竹仙和竹宾可能是同一个人,因为彭玉麟都称她们为姨,都死于难产,都知诗书。但是,她们也可能是两个人,毕竟这两个名字不一样。同辈人以竹字开头取名,同家族的人受同等教育,同时代医疗条件差，两人难产而死，都很可能。

只是，从彭玉麟的文字里还看不出他对竹仙、竹宾有任何男女之情。竹宾是个忧愁之人。《挽竹宾姨氏》有两句："伤心怕读桃花句，谶语空留梧叶诗。"彭玉麟注"伤心怕读桃花句"为："姨赋白桃花起二句云：'绝似伤心薄命人，含愁带雨泣青春'"；注"谶语空留梧叶诗"为："产之前二日咏新秋有'底事西风来萧杀，无端桐叶使飘零'"。也许竹宾真有伤心事，也许她患妊娠忧郁症，但诗句无法证明是对她而言，我们看不到缱绻缠绵三生缘的词语。

总结一下，以下证据支持外祖母养女是彭玉麟的情人的观点：

小时候他俩在安徽安庆常在一起，有可能产生恋情。

她于分别十二年后来湖南重聚，合诗句"皖水分襟十二年，潇湘重聚晚春天"。

她来湖南重聚时还未婚，他们可能继续恋情。

她属于他的姨辈，被他母亲认作亲妹，这个辈分之别可能是他们无法成婚的原因。

虽然她死亡时间未知，但 1845 年出嫁，1847 年死于难产，是合理的顺序。

以上的证据只能支持但不能证实外祖母的养女是彭玉麟的情人，因为彭玉麟在讲到养女时没有爱恋的情话，写诗怀念情人时没有指明是养女。如果彭玉麟的情人不是外祖母养女，则可能是在安庆时的竹马青梅女伴。从《感怀》诗中的"少小相亲""窗下厮磨"得知，这个女孩似乎和他年纪相仿。他特意提到冬青树花墙，这是与邻居相隔的灌木，似乎暗指这个女孩住在邻家。

后来他重访安庆舅舅旧宅，作《过皖城王氏故宅感赋》诗：之子门前我惯经，红羊劫后草青青。不知人面归何处，冷落桃花旧日庭。

唐朝诗人崔护的人面桃花故事，在他身上重演。他怀念"之子"，这是《诗经》用来称呼值得娶回家的女子。他常在她门前经过，不像是和她同住一家。这位女子似乎更像邻家女。

总之，两种可能都存在，他不明示，我们不能确知她是谁。这种事属于婚外情，不见容于那时正统的社会。他也无法将自己的情感完全埋葬，所以我们知道她在世上存在过。

四

在那年代，中国最大的事件是鸦片战争（1840 年），彭玉麟远在湖南内地，浑然不觉。洪秀全还没起义，彭玉麟不知道几年后（1852年）太平军会打到湖南来，给他一个建功立业的机会。他只是个贫寒百姓，三十岁才娶妻，还娶了个朴拙之人。那时候，情人的变故是他生命中天大的事件。他在今后显赫的生涯中，不要官，不要钱，不要命，唯有此情难忘，刻骨铭心。

多年以后，他在《禽言》诗中说："前机多以因循误，后悔皆由决断迟。"似乎他当时曾考虑过拯救两人姻缘的计划，却因因循而不决断，造成了一生的悔恨。是情人的家庭看不上他，而他无力将她接出来；或者她是姨辈，伦理难容，使他拦不住她的花轿？

他画了万幅梅花，其中可有流露出这种悔恨伤心？

看一幅幅梅花老杆繁枝，看不出女子的情影。读一首首配图的梅花诗，看到有些诗句不断被人引用，如"一生知己是梅花""愿与梅花过一生""一腔心事托梅花"，企图证实梅姑、梅仙的存在。但是，你若把梅花理解成女性，它们便是情诗，你若把梅花理解成中国文人约定的精神寄托，它们便不是情诗。他甚至说要与梅花作丈夫，那只不过是学那位梅妻鹤子的北宋诗人林逋，正如他在诗中所说，"前身许我是林逋"。总之，梅花和梅花诗中很难真确看到他对恋人之情。

其实，梅花图中最不起眼的地方，才隐藏着他的悔恨和伤心。《中国美术家人名辞典》说他"每成一幅，必盖一章曰'伤心人别有怀抱'，曰'一生知己是梅花'"，那数字是极大的夸张。我从网上下载了七十二幅他画的梅花图，发现印章不是"伤心人别有怀抱"七字，而是"古之伤心人别有怀抱"九字。七十二幅梅花图中发现七幅盖了这个"伤心"印章，约占百分之十。按照这个比例，他也盖了一千次"伤心"印章了。我也发现两三幅中盖着"一生知己是梅花"印章，远不是每幅必盖。

彭玉麟还有另一个印章，人少提起。我翻阅《彭玉麟集》的注解时，发现湖南省图书馆藏的彭玉麟梅花图，盖着"一生心苦为情人"印章。这个"心苦"印章更表明他隐藏许久的心事。

彭玉麟的悔恨和伤心持续了一生，但没有影响他身先士卒，勇往直前，威震敌营；没影响他对恶霸提刀就杀，对渎职官员提笔便弹劾，威震官场。我想，那些梅花图中藏有他的伤心事，但更多的是刚直、豁达和高洁的情怀。

我还看到有幅梅花图上盖着一个印章，最能概括他的为人，它刻着"儿女心肠、英雄肝胆"。

南岭风情守护人

一

在十月凉爽的天气里，我走进贯穿瑶寨岔山村的石板街，踏上村外田边的小径，穿过芦草掩盖的石路，来到刻着"潇贺古道"的石碑前。我从广西贺州走进了湖南地界。这段路是潇贺古道的一小段。潇贺古道是一条一百多公里的陆路，从汉到唐一直是连接湖南潇水与广西贺江的要道。潇水向北，汇湘江，入洞庭湖，属长江水系。它通过长江沿汉水北上，进汉中，越秦岭，到长安，达中原腹地。贺江向南，于封开江口入西江，经珠江入大海，连通海上丝绸之路。来自中原的士兵、挑夫、商人通过潇贺古道源源不断地迈进岭南，带来了货物、农具、文字、诗书，汉、壮、苗、瑶、侗等二十几个民族在此碰撞，融合，汇聚成多姿多彩的南岭风情。

南岭风情既丰富又脆弱，如画册一样一页一页展开，一页一页散落。无数页面随着战争、自然灾害、人事代谢、社会更迭，消失在历史的长河中，已难寻踪迹。我们知道有些东西确实消失了。潇贺古道在我脚下的这一小段还保存完好，可供游人缅怀徘徊，但它的主体已经基本消失了，仅留下断断续续的古石板路，见证着千百年的风雨沧桑。有了现代交通工具，湖南人来贺州也不必走潇贺古道了。

十几年前，湖南人李晓明来到贺州学院工作，亲眼见证了许许多多的南岭风情，并目睹了南岭风情的页面正在快速消失。2006 年春，他在一个瑶寨做贫困调研时，听一位八十八岁老人说起家中有几十本手抄文献，便请老人出示。老人刚开始不愿意，但经过一番推杯换盏之后，把他当成朋友，便把一箱文献拿出来让他拍照。他拍了四天才全部拍完。据说瑶族人没有文字，不过这些文件说明瑶族人会使用文字。他们用汉字记录瑶语，读成瑶音，才有了这些手抄的文件。

李晓明在整理这些文献的电子件时，发现有些文字看似汉字，却不认得。例如，在一首歌谣中，有个字是一点一横下面一个"大"，另一个字是一点一横下面一个"日"。他后来知道这是瑶族人创造的字，分别代表"天"和"地"。为什么汉字里已有同样意思的字，还要创造出另外的字呢？可能是为了便于读音，或便于理解记忆吧。瑶族人使用方块汉字记瑶音，或改造汉字、写成俗字等，是一种独特的南岭瑶族语言文化。

除了这两个字以外，当时还有二十几个字，李晓明不认得。他在两个多月后再去老人家里求教怎么读音什么意思时，才知道老人已经去世，那一箱文献也被烧掉了。老人的儿子说，那些文献是老人用过的，要让它跟着老人一起去。这种独特的南岭风情就这样消失了。

此事对李晓明震动相当大。现在，南岭地区每天都有老人去世，承载着大量历史文化信息的宝贵文献文物也随之一起消失。例如，拆掉旧屋建新房，珍贵的木雕构件、花板等当柴烧掉。他决心要抢救这些文物。他记得是 2007 年 9 月 5 日，从这一天开始，他就翻山越岭，走村串寨，十几年如一日，把散落民间的文物一一捡起珍藏。他曾经亲眼看见一件木雕花板正被火焰吞噬，赶紧把它抢救出来，补救复原。他生怕一些老人手里的文物今后还会被烧掉，已经与一些瑶族、壮族家庭订立了合同，下了定金，等老人一过世就收回来。他广布人脉，建立情报网，跟踪民间的文物，务必早晚收集回来。因为他和他的团队的力量仍然有限，他常常觉得遗憾，但他尽力而为，尽量争取减少遗憾。

他从一个南岭风情的见证人变成了守护人。

二

李晓明博士看起来年纪在五十出头，外表结实，内涵饱满。他是位于贺州学院新校园内"贺州民族文化博物馆"的创建人和馆长。他和他的团队至今已经收集了五万多件文化实物，全部由博物馆收藏，成了国家的公共财产。

我在徜徉于潇贺古道后的第二天随北美中文作家协会代表团来到博物馆参观。他亲自担当讲解员。博物馆里一件件文物单独看来似是没有生气的古旧物品，但馆长赋予它们生命，演绎它们的故事，让它们完成文化和历史意义上的升华。

李晓明拿起一个罐子，津津有味地讲道："这个罐子是用来养青蛙的。旧时大户人家在围墙的四个墙角都放置一个罐子养青蛙。当夜深人静时，蛙鸣一片，婉转悠扬。要是有什么人无论从哪个方向进入院子，最靠近的罐子里的青蛙就不叫了，其他三个罐子里的青蛙也跟着不叫了。这是一套防盗预警系统啊！我们知道养狗、养鹅防盗是发出声音的，而养青蛙用无声来做防盗预警，世界上独一无二！"

听他讲来，真是开了眼界。我的眼前仿佛浮现出一个宁静的乡村夜晚，蠢蠢欲动的盗贼，突然的沉静，不知道已被发觉的盗贼，在黑暗中等待着的庄园主人。馆长把人们带进一幅奇特的旧时乡村图景了。

李晓明指着挂满各种芦笙的一堵墙说："这是世界上最完整的芦笙基因库，包括六十八个音调、七十五种芦笙。"说起芦笙，人们恐怕会联想到《芦笙恋歌》却遗憾没有亲眼看见。芦笙是流传于云南、贵州、广西、湖南等地的苗族、侗族、水族、瑶族等民族中的传统簧管乐器。芦笙和箫都属于管乐器，只是结构很复杂，除了接受吹气的一腔笙斗外，还有插入笙斗并拐了个角度的好几管笙管。美妙的声调是从这些带有簧片的笙管中发出来的。

芦笙大小不一，笙管的数目也不一，因而种类繁多，只是用基因库来形容，倒是第一次听说。基因库是个宏大的现代概念。人类的基因库囊括黑人、白人、亚洲人等各种人的全部基因，正常的基因、致病的基因、不好不坏的基因全在里边。它不但为现在医学发展提供了极大的空间，也可能为将来人类生存提供全部可能性。建造基因库的科学家乃是战略家。我觉得，李晓明借用基因库来描述他所收集的芦笙，说明他很大气，有战略眼光。

单个芦笙也许足够一对情人在清风明月下翩翩起舞，互诉衷情。但我忽发奇想：把博物馆里所有的芦笙汇集在一起，一定能吹奏出惊天动地的交响史诗。李晓明说真的是这样。村民们能用数十数百把芦笙同时吹奏出多个声部的音乐，而且不需要统一的指挥，一个音符也不会错。

李晓明把我们带到一个展柜前说，这些是契约，这份是卖孩子的契约。在那个还没有进入现代的社会，双方的交易是要签约的。他说，契约文书代表诚信精神，白纸黑字，具有法律效力，对得起天地良心。甚至连卖孩子也是要签约的！越是让人反悔的事，越是需要契约的约束。古人如此，今人怎可不如此？今天，卖小孩的事情已经很罕见，即使发生也偷偷摸摸，不敢留下字据，不受法律承认。但在经济发展的大潮中，有人受利益的驱使，随时准备背信弃义。看着这一展柜的文件，我不禁在想，我们到底是不是还不如古人守信用呢？

李晓明把我们带入族谱收藏室，看玻璃柜中躺着一叠一叠的线装书族谱。我从一排书柜转到另一排书柜前，看着里边几百个家族的近万册族谱，掂量着每一本该记载了多少代人的传承啊！

我们中国人似乎把族谱当成理所当然的文件，并不觉得稀奇。族谱到底有什么用处？记得两年前我在墨西哥时雇了个学考古的人当导游，看废墟。当我讲起我们家有三千年历史，村里的族谱记录了二十几代人时，他一脸茫然地问："那有什么用处？"过后不久，他说现代墨西哥人90%是不同人种的杂交后代，包括他在内。他不知道祖父以上的祖先是谁。他们很想寻根探源，以便有个身份的认同，最终选择了认同不受杂交影响的土著，虽然他们和土著在生活中几乎没什么交集。我差点告诉他，你们要是有族谱就好了。我从来没想到要认同身份，我的身份从来不是问题，我可以查到我们家族二十几代以前的村庄开拓者，三千年前的开国国君。

不过，即使我们村的族谱，我也只是见过一部分，没有见过全部。更不用说见到整个展馆里的族谱了！

博物馆里还陈列着：历朝的货币，从汉代的五铢钱到唐代的开元通宝到民国的纸币；历朝的灯，从汉代的油灯、清代的孔明灯到现代的防风灯；上千件的古代度量衡器具，成系列的傩面具，各种精美的瑶族服装、粑印和石雕；进士乃至三元及第的牌匾；明清红木老家具；甚至远古的恐龙蛋化石。这个博物馆太过丰富，展现了南岭民族走廊不同民族交往交流交融所产生的奇异风情。不要说一两小时的参观，即使两天、两个月、两年，都无法把它的精华完全吸收。

不要说我无法完全解读这些文物，我觉得即使是它们的收集人李晓明博士可能也无法一一解读。这是一个大基因库，收集人为它付出无数心血。他正在组建一个研究团队，期望逐渐窥探其中的奥秘。

三

博物馆里墙上挂着清朝状元、广西人陈继昌所立的"三元及第"牌匾真本。所谓三元及第者，除了是殿试取得进士第一名外，还是乡试和会试第一名。在中国一千三百多年科举史上只有十三个人得此殊荣，其中广西有两位。桂林明代的靖江王城是清代的贡院，城门上也镶嵌着"三元及第"的石匾；桂林市很想拿到李晓明收藏的这块牌匾，据说出价已经很高，但他不会也不能卖，因为已经是国有财产了。

这件珍贵文物，是 2007 年用几千元购买进来的。李晓明刚开始时用自己的私家钱收购文物，他的私家钱不多，不过也够他收集价值百万元的文物了。后来他争取到科研资金，现在每年有几十万元。他用这些资金收集文物。他自豪地宣称："我没有花学校一分钱。"

因为他识货，所以一般都是花小钱买到很珍贵的文物。例如，他用三百元买到的汉代罐子，用几千元买到的明代红木家具，都值数十万元。这十几年来，他大概用几百万元收集了五万多件文物。这些文物如果以现在的市场价计算，总价值已经在三亿元以上了，而且会不断地增值。从古董的角度看，他可以得到极大的利润，取得极大的商业成功。但是，他没有把这些物品看成值钱的古董，只当成南岭地区多样性族群文化的代表性实物。

李晓明因沉浸于收集文物，曾被人称为"垃圾大王"。说他收集垃圾，也似乎有一定道理，因为他收集人们不再使用或有意丢弃的东西，收集即将消失的东西。任何东西的消失，自有其理由。比如说，人们都要提高生活水平，舍弃无助于提高生活水平的物品。要搬到新房子，常常会把旧房子里的物品扔掉。李晓明对此表示理解，并希望人们都过上好日子。

那么，他所收集的别人要扔掉或烧掉的物品，是不是无用的怀旧？

他觉得，改革开放这四十年来，社会发展特别快，许多东西的消失也加速了。这里边当然包括文化的消失。他虽然承认不适应当时社会的文化会消失，但是认为很多东西现在看起来没有实际价值，将来却可能很有价值。现代化给人类带来物质方便，却不一定能带来幸福。也许人类得不时回头望望，去反思或去寻求幸福的基因。文化只需要基因，有了基因便可以复活。他在建造一座大基因库，他在保护基因，保护下来将来才有选择。所以，他不是在怀旧，而是在实践一种超前的理念和文化的关怀。

历史的车轮隆隆向前，少数人没有亦步亦趋，而是不时跳出车轮轨道之外，审视行走的方向是否正确。历史的河流滚滚向前，少数人没有随波逐流，而是不时察看前面是不是有断崖、有万丈深渊。李晓明是这样的少数人之一。

四

李晓明是湖南人，在贺州担任贺州民族文化博物馆馆长，还担任南岭民族走廊研究院院长。他把大半生都扑在贺州、广西、岭南、南岭，心中装着这个地方。

他对两个概念非常在意，一个是南岭，一个是岭南，务必争个水落石出。

南岭是指横贯中国南部的分水岭山脉，以五岭（越城岭、都庞岭、萌渚岭、骑田岭，大庾岭）为代表。诗句"五岭逶迤腾细浪"，正是指这五岭。南岭北为贵州、湖南、江西，南为广西、广东，两广因而称为岭南。潇贺古道就是穿越南岭进入岭南，沟通长江水系与珠江水系的通道。

说起民族走廊，李晓明介绍，它是已故著名社会学家、人类学家费孝通提出的概念。费孝通认为中国有三个民族走廊，即西北走廊（丝绸之路一带）、藏彝走廊（云南到青海一带）、南岭走廊。这三条走廊居住着全国 80% 的少数民族，三者形成之字形，把中国分割成两块。李晓明说费孝通没有界定南岭走廊的地理范围，他便划出了一个西边起于广西、云南、贵州三省交界，东边结于广东、江西、福建三省交界，北跨贵州、湖南、江西三省，南跨广西、广东两省，东西长一千八百多公里，南北宽三百五十多公里的多民族聚居地带，其核心部分就是南岭山系的范围。有学者问他，为什么以广西为中心来描述这个走廊？他说有两个理由。一是一千八百多公里中有一千余公里在广西，广西有二十二个市、县在这条走廊上，其他任何省份不能相比。二是"李晓明在广西。北京人以北京为中心来描述全国，我站在广西为什么不能以广西为中心来描述广西"。

说起岭南文化，他觉得广东人认为只有广东才代表岭南文化不合理。他曾与广东的学者们争论："为什么你们说的岭南文化不包括广西的文化？为什么把岭南文化的研究范围局限在广东？没有广西，哪来广东？"

在对南岭走廊和岭南文化的界定争论中，他持有很强烈的观点。

他比广西人还广西人。

他看到这个地方和别的地方有太多的不一样。在这里，一个家庭讲五种语言是平常事；在这里，把自己的女儿嫁出去，和把别人的儿子娶进来，都一样天经地义。在这里，同年出生的汉族和瑶族人结成老同，成为非血缘或拟血缘关系的兄弟姐妹。这里的风情太奇特，太迷人。

这里是多民族互相竞争、文化互相渗透的地方。他看到不同文化的碰撞与排斥，然后共生、借鉴、融合。他要研究不同的民族与不同的文化如何和谐共生共存。他觉得可以通过研究，获得地方性知识，并转换成普世性知识。在世界范围内有不同文明的冲突。他所获得的地方性知识可望变成普世性知识，在未来用于拯救世界。

李晓明不是为了收集文物而收集文物，他心中装着整个世界。

五

李晓明介绍完博物馆后，我觉得意犹未尽，留下来问他几个问题。

我想知道，是什么动力促使李晓明费尽心血收集文物？

他说，小时候因为家庭成分不好，十一岁初中毕业后就回乡干农活，中断三年学业后才继续上高中。那时候，他每天挣九分钱，最大的理想就是吃饱肚子不挨饿。这个理想早已实现。他现在的收入只需拿出很小的一部分便可以满足这个要求。他没有更高的物质需求，而是把全部精力拿来做他认为有意义的事，为人类和社会做些贡献。

他说，人的一辈子无非三万多天，生命有限，每天都必须对得起子孙后代。他有责任感和使命感，他有情怀，要在有限的生命中为子孙后代留下一些有用的东西。

我想知道，为什么是由李晓明这个外来人来发现和收集文物？

他说，他是湖南安化人，从小受传统的湖湘文化和梅山文化熏陶。他从小就听惯了"养子不读书，如同养头猪"。他练毛笔字，写诗，雕刻牌匾对联，品茶，他身上有种人文情怀。他和当地人的视角不一样。所谓不识庐山真面目，只缘身在此山中。当地人审美疲劳，熟视无睹，他作为外地人和异文化者，反而能发现其独特性，珍爱其文化，觉得到处都是宝。

他发现了一块处女地，把它做成了大事业。

我想知道，李晓明收集文物有没有终点？

博物馆里整整齐齐地排列着成百上千件同类的文物。例如，单单是饼模就有几千个吧。每件都是手工做的，因而每一个饼模上的花纹都不会完全一样，都可称得上世上独一无二。他把每一件都当成宝贝看待。对于外行人来说，一百个中加一个，等于一百零一个，似乎无关紧要。为此，我问他："你如果又发现一个饼模，还要收集吗？"他说："我会千方百计把它弄到手。"对他来说，每一件物品都是一个独特的文化代表物，收集文物已经成为惯性。

惯性是生活方式，使人不加思索便做事，就如吃饭睡觉一样。惯性决定成功与失败。做错了，惯性使人平庸，消沉，甚至堕落。做对了，惯性使人在浮华的时代把握自我，把不起眼的事做成大事业。

我想知道，李晓明日常在做些什么？

他开车把我带到他的工作室。工作室面积大概三十平方米，位于贺州学院的老校园内，相对于宏大的博物馆显得很不起眼。

工作室的墙上挂着他自撰的对联：读书随处皆净土，闭门此地即深山。

这里便是深山净土了。深山净土里堆满了收集来的破旧文物，它们需要修复才能收藏和展出。他拿起一个算盘给我看，算盘的珠子是牛角做的，只是缺少了几个，还待修复。他又拿起一把斧子给我看。斧子是特制的，和普通砍柴的斧子不一样。砍柴的斧子只需要把木头破成小块即可。他的斧子用于修复，金属部分的斧头有一面是平的，可以削木头家具而不引起损坏变形。他又拿起一个米斗给我看。这个清代的米斗原有裂缝，现在已经修补完毕，修旧如旧，古意仍在。

他除了收集文物外，平常从早到晚都在工作室里修补文物和做研究。除非有很重要的客人来访，他不需要坚守在博物馆。博物馆里安排有专门的管理人员和讲解员接待访客。他说，当他结束一天的工作上床时，五分钟内便可以进入梦乡。他把一天该做的事都做了，做得有意义，无遗憾，所以没什么事让他睡不着。

我们畅谈甚久，将近半夜才告别。我回到宾馆，很快进入梦乡。对我来说，这一天收获颇多，有意义，无遗憾，没什么事让我睡不着。

贺州城里瑶绣妹

一

当有一天，

我们不知道深林叫什么，

不知道山坡叫什么，

我们瑶族人从哪里来，

要回到哪里去。

到那时子孙，

不会讲母语了，

我们剩下的还有什么，

还有什么？

——瑶族歌手赵成科自创歌曲《物语》

我在贺州城里见到来自山里的瑶族妹子李素芳。她告诉我，父母把山分给了她和弟弟，按照传统，她应当住在一座山上，弟弟住在另一座山上。许多过山瑶人家的兄弟姐妹住在不同的山上。

"为什么要分开呢？难道一座山不够你们住吗？"我觉得很好奇。

"因为我们有好几座山，需要人去住。"

我于是知道过山瑶奇特的生活方式。过山瑶是瑶族的一个主要分支。他们大多住在山腰山顶，每座山只有一两家，多则五六家。通常三五户成一村，十户成一寨。由于邻居或亲人住家相隔比较远，在手机微信盛行以前主要靠喊叫传递信息。每家每年开辟出几亩地，种上旱稻、红薯、玉米、木薯、芋头等粮食作物，耕种完一块土地后种上树，然后开辟下一块土地。十多年后把树砍了，重新开垦，土地循环使用。这种轮耕方式与中美洲的玛雅人一样，其原因是土地适合树木生长而不太适合作物生长。她的家乡黄石村人家比较多，面积比较大，骑摩托车得两天才能绕完。

瑶族人住在绿树覆盖、白云环绕的山上。这种生活听起来很浪漫，不正是那些向往逃离都市的人们的理想吗？但是，这种生活在历史上是出于被迫无奈。如果有一块肥沃的土地，一直可以耕种，谁愿意年年开垦新土地？如果有平坦的路可以走，谁愿意爬山？

她说："小的时候感觉自己的家很山。那时候交通条件不好，到街上都要走好几个小时的山路。特别是下雨天，我们走到街上，鞋子裤角都是黄泥巴，特别脏，觉得很没面子。那时候就一直梦想着将来长大了，要走出山外去，过上好日子，每天可以热热闹闹地找朋友玩，又可以天天逛街。"

所以，当社会发展了，人们可以自由迁徙时，李素芳和其他瑶族青年们一样，乘着时代的潮流来到了城里，寻求与上辈不一样的生活，追求更好的生活。

来到城里谋生的人，都要从某种程度上放弃原有的生活方式，以便更好地适应。比如说，穿着上得放弃传统服饰。这方面倒是不难，因为瑶族人在山里已经开始穿起简便的汉人衣服了。这是对时代的适应，原是好事。

可是，穿着不仅仅是关乎生活的事，还是关乎传承文化的事。瑶族没有自己的文字，文化依靠口语、山歌、服饰、乐器代代相传，流传下来。瑶话是根，瑶歌是脉，瑶服是韵，长鼓是魂，这几句话概括了瑶族的文化内核。服饰因为可以长久保存，更是柔韧的文化载体。现在，随着大批瑶族人走出山地，来到城里，瑶族的文化面临断层的危险。

李素芳和其他同胞一样来到城里谋求改变命运，但是她没有放弃本色。她把瑶族服饰带到城里，把它发扬光大。她出身于瑶绣世家，母亲李小莲是远近闻名的瑶绣大师，传到她是第四代了。她从小耳濡目染，十二三岁开始学瑶绣，学了一整套好手艺。她把这套手艺带到城里，利用瑶族服饰创业。

就如大多数创业者所经历的一样，她也有过艰难的日子，有时候甚至得借钱支付工资，借钱交房租。辛勤的付出最终得到回报。十年下来，她做得风生水起。她创建了贺州市瑶族服饰艺术工作室，并逐步发展壮大成广西过山瑶家文化创意发展有限公司。公司获得"国家级非物质文化遗产代表性项目（瑶族服饰）生产性保护示范基地"和"国家级非物质文化遗产代表性项目（瑶族服饰）传承基地"等荣誉称号。她则获得"国家级非物质文化遗产（瑶族服饰）市级传承人"称号。现在公司每年生产瑶绣超过一万片（块），瑶族传统服饰两千多套，其他瑶绣工艺品一万多件。

2016 年 1 月，李素芳公司的创意瑶绣产品《盘王印章》和《年年有鱼》入选联合国教科文组织的民族民间传统技艺传承与保护项目，被认定为具有特色的民族传统技艺。联合国教科文组织征集两百块瑶族绣片。这些绣块作为装饰品，被镶嵌在笔记本封面，用作办公用品和赠送给各国官员的礼品。贺州瑶绣走向世界了！

当歌手唱起忧伤的歌"我们剩下的还有什么"，为一种绚丽多彩的文化正在逐渐淡去而发出呼喊时，瑶妹子正推出瑶族服饰，向世界展现本民族五彩斑斓的风采。有她这样的人在，歌手的担忧可以减轻了吧。

二

盘王出世先出世，

盘王出世在福江，

盘王头戴平天帽，

帽带青青朝上天。

——瑶族民歌《盘王出世》

走进贺州，知道它有许多瑶族人。遇见瑶族人，知道它传说中的祖先是盘王。在瑶族民歌中，"盘王出世先出世"，意思是盘王最先出世，为瑶人的祖先。盘王出世的地方有不同说法：盘王出世在福江，盘王出世在青山，盘王出世在西天。也许，这些是同一个地方，在有山有水的西方；也许，因为盘王具有神性，在哪里都行；也许，具体的地方并不重要，只要盘王在心中。

盘王名为盘护。据《盘王大歌》《盘王券牒》描述，高王叛乱，评王悬榜招人平乱。盘护揭了榜，并声称要去斩高王的头。盘护假装来投高王，在夜深人静时剑斩高王，然后拖起高王的头来归评王。评王根据悬榜将女儿嫁给盘护，他们生下六男六女，男讨亲，女招婿，各自成家，为瑶人十二姓先祖。

盘护传说的主要情节与更早的盘瓠（音护）传说相似。据《后汉书·南蛮西南夷列传》记载，五帝之一高辛氏深受犬戎之将吴将军侵扰，便布告天下，谁能砍下吴将军的头，便将把女儿嫁给他。盘瓠便去把武将军的人头取来。公主嫁给盘瓠，他们生下六男六女。

盘王是刻印在瑶族人心灵深处的民族图腾，盘王留下的印记处处出现在李素芳的那些瑶族服装和装饰品上。

盘王印便是一例。据说盘王印原有实物，但是已被土司抢去。于是，瑶族人为了纪念盘王，便把盘王印绣在服装上，人人都可以穿在身上，无人可以独占。盘王印有多种版本，主要是方形或接近方形的刺绣图案。

我到达贺州的当天还没有见到李素芳时，已得到一本贺州文联赠送的精致笔记本。笔记本封面上有一幅小瑶绣，后来得知它是李素芳设计的盘王印，是贺州名片。后来还得知，李素芳设计的盘王印瑶绣已经进入联合国。

瑶帽是另一例。受李素芳邀请，踏进她在贺州市八步区步行街的黄石瑶族服饰工作室，迎面走来身着过山瑶盛装的模特。这位模特叫作李梦瑶，是李素芳的好友。她头上戴着典型的过山瑶大尖帽，一顶做工精细复杂、顶部尖形的高贵大帽子。李素芳则给我戴上一顶简约但别有韵致的男式瑶帽，和模特合影。一般来说，瑶族妇女的帽子华丽而男子的帽子简约。不管华丽还是简约，头饰都是瑶族服装的重要组成部分，因为它是为了纪念盘王。

除了盘王印和瑶帽外，在任何瑶族服装上都可以解读到盘王的遗踪。李素芳工作室里有各种各样的瑶族服装，色彩斑斓。如果说它们有何共同之处，那就是它们都嵌上瑶绣。瑶绣便是瑶族服装的精华所在。瑶族服装也称为五色衣。所谓五色，是指红黄绿黑白，其中红黄绿白为刺绣的颜色，黑色为底布色。除此以外，蓝色作为拼布也用于瑶族服装。五色衣据说也是盘王传下。据《后汉书·南蛮西南夷列传》记载，盘瓠诸子"织绩木皮，染以草实，好五色衣裳，制裁皆有尾形"；据《广东新语》记载，"盘瓠毛五彩，故今瑶姎徒衣服斑斓"。

当我看到盘王印时，觉得它庄严神圣。当我看到瑶帽瑶饰五色衣时，觉得盘王无处不在。虽然我才初次接触瑶族人，对瑶族的服饰和文化所知甚少，但我觉得，只要认得盘王的印记，便感受到一种强大的力量，贯穿于天地间、山林里、心灵中。

我出生在瑶人寨地方好，

这里的河水养我大。

不管我走到哪心不变，

风吹雨打心也不变。

……

我每时都要着瑶人装，

瑶人的服装绣花美。

勉细（姑娘）和勉端（小伙）心连心，

相爱一世不分离。

……

——过山瑶歌手赵德锋填词的歌曲《生在瑶寨》

　　李素芳告诉我，瑶族是个"大分散，小聚居"的山地民族，按语言分为四大支，按服饰分有好几百种，每个地方每个支系的服饰都各具特色。李素芳的足迹到达湖南、广西、贵州、云南、广东等五大瑶族聚居区。但是她发现，瑶族的人口密度和瑶族服饰的丰富性在贺州。贺州有二十六万瑶族人，占广西瑶族人的六分之一、中国瑶族人口的十分之一。在贺州，平地瑶、过山瑶、土瑶等传统服装有几百种图案。

　　这些图案代表着瑶族人积累了上千年的文化和审美传统。但是它们分散在各个乡寨山地角落里，而且随时都有消失的可能。李素芳要把它们挖掘出来，传承下去。

　　一方面，她积极培训绣娘。她开起了瑶绣培训班，教周边农村地区的瑶族妇女瑶绣手艺，已经培养出五六百名合格的绣娘了。这是一支产业的生力军。由于瑶绣做工极其精细复杂，一套瑶服常常需要非常多的瑶绣，一个人在短期内不可能完成，这些绣娘合起来才可以完成。公司在解决人手问题的同时，也为许多人增添了收入。此外，李素芳还定期走进学校，为村里的瑶族女童辅导瑶绣。她还到大学授课，在城里开办培训班。这五六百名学会手艺的绣娘，还有其他受到培训的人，都是瑶族文化的传承人，是文化传承的生力军。

李素芳出于传承发展民族文化的使命感，坚持从弘扬发展文化与民族产品的角度来投资，而不是单纯从商业回报着想。她要培养一大批有志传承和创新的人加入事业团队，而不是简单打造一个职业技术培训学校。

另一方面，李素芳深入到各个山地村寨去收集各瑶族分支的不同服饰，然后加以制作。一套服饰包括头饰、上衣、裙裤、围巾、彩带等。我在她的工作室见到的有：

——以蓝红搭配为基调的土瑶服饰。土瑶是贺州独有的瑶族支系，目前只有七千人左右，生活在贺州平桂区的鹅塘镇和沙田镇。

——以黑红搭配为基调的平头瑶服饰。平头瑶居住在贺州平桂区的大平瑶族乡和昭平县的富罗镇。

——以宽沿尖顶的帽子为特征的尖头瑶服饰。传统上，帽子越大表示越隆重、越富贵。尖头瑶的帽子独领风骚。尖头瑶居住在贺州八步区的步头镇和贺街镇。

此外，还有源自湖南新田县的顶板瑶服饰、源自湖南隆回县的花瑶服饰、源自柳州融水和贵州从江的盘瑶服饰、源自贺州黄洞瑶族乡的东山瑶服饰。

这些瑶族服饰看起来琳琅满目，各具风采，但又共同拥有某种韵味。它们展现出华丽中的典雅、朴实中的高贵、传统中的时尚。每套都是高档服饰。因为制作精细，又需要许多人合作，它们价钱不菲，值数千上万元。单个家庭不太可能制作这样的高档服饰，但是人们可以通过购买而拥有。据说，当地的瑶族家庭十有六七现在都拥有一套了。

　　李素芳有两个基地。一个是位于贺州城里的工作室，向来自各地的人们展示各种瑶族服饰，让他们不必跑到各处瑶乡挑选。要不是她在城里建了个工作室，像我这样行程匆匆的人真的没有机会亲眼见识十几套不同瑶族支系的服饰。她让原应凝聚在一起但实际上分散在许多不同地方的民族元素有一个汇集的地方。她把它们带到城里，让它们的生命力更旺盛，同时也为城市增添了光彩。

　　另一个基地是位于家乡黄石村的博物馆，专门收集各地不同瑶族支系的服饰。这里所收集的瑶族服饰，有的是自己制作的，有的是买进来的。源自贺州的服饰，便于自己制作的，通常就自己制作。别的地方的其他瑶族支系的服饰，不容易自己制作的，通常购买进来。这些服装穿在模特模型身上，栩栩如生，争奇斗胜，美不胜收。博物馆的目标宏大，要收集全国各种瑶族服饰。如今，博物馆大概收集了两百套服饰，今后可能会收集到一千套。这种构想大大地超出商业公司的格局，不为谋利，而是为了文化承传。

　　她建了一座每层两百平方米的四层半大楼房，就建在父母家的旁边，在半山腰。山下有条小河，河边多石，不宜开辟建房。博物馆设在二楼。楼房里还有配套的瑶服瑶饰创作中心和车间、原生态舞台、民宿，今后逐渐开放给游人体验生活。政府也把公路修建到博物馆前了。

　　"为什么要把博物馆设在山里？"我问。

　　"那里有山有水，风景好空气又好，生活没有太多的压力，每次回到山里的家，都吃得香，睡得特别安稳。这是现在城里人向往的地方，我觉得自己非常幸运，是山里的女儿。我在半山上建一座房子，有小院子，打开窗就能看到青山绿水。我觉得山才是我的根。"

　　我想象，这样的地方，雨过天晴时，应当有一道彩虹从小河飞上山顶。我把它当成这位过山瑶妹子用五色衣架起的文化彩桥，一头在城里，一头在家乡，一头在过去，一头在将来。